妖怪の子、育てます

廣嶋玲子

JN091357

江戸の片隅で妖怪の子預かり屋を営《いとな》む一人の若者がいた。その名は弥助《やすけ》。妖怪に育てられたのだが、ある事件で育ての親を失い、かわりに授かった赤ん坊千吉《せんきち》を、今度は懸命に育てている。顔なじみの妖怪達は遊びにくるし、入れ替わり立ち替わり子供を預けに来る妖怪もいるしで、騒ぎの絶えない毎日だ。そんなある日、弥助の大家、久蔵《きゅうぞう》の双子《ふたご》の娘が、不気味な黒い影にさらわれた。だがさらったのは妖怪ではないらしい。双子の捜索は、妖怪奉行所西《にし》の天宮《てんぐう》の奉行で、犬神《いぬがみ》の長《おさ》、朔《さく》ノ宮《みや》の手に託されることに……。大人気〈妖怪の子預かります〉第二部開幕。

登場人物

梅吉《うめきち》
梅妖怪の子

津弓《つゆみ》
月夜公《つくよのぎみ》の甥

天音《あまね》（姉）　銀音《ぎんね》（妹）
久蔵と初音の双子《ふたご》の娘

弥助《やすけ》
妖怪の子預かり屋
の若者

千吉《せんきち》
弥助の養い子

紅丸《べにまる》
化《ば》け雀《すずめ》の若様
玉雪《たまゆき》
弥助の手伝いをする
兎《うさぎ》の妖怪
久蔵《きゅうぞう》
弥助の家主
初音《はつね》
久蔵の女房《にょうぼう》。
華蛇族《かだぞく》の姫

朔《さく》ノ宮《みや》
妖怪奉行所西《にし》の
天宮《てんぐう》の奉行。
犬神《いぬがみ》
月夜公《つくよのぎみ》
妖怪奉行所東《ひがし》の地宮《ちぐう》の奉行。
王妖狐族《おうようこぞく》
鼓丸《つづみまる》
朔ノ宮の従者。
犬神

〈その他〉

虚神《うろがみ》………邪《よこしま》な神

妖怪の子、育てます

廣　嶋　玲　子

創元推理文庫

RAISE A STRANGE CHILD

by

Reiko Hiroshima

2021

目次

イラスト　Ｍｉｎｏｒｕ

妖怪の子、育てます

妖怪の子、育てます

プロローグ

人の身でありながら、妖怪の子を預かる役目を担う弥助《やすけ》という少年がいた。お江戸の貧乏長屋に暮らし、夜な夜な妖怪達を迎えては、にぎやかに過ごす日々。

だが、十四歳の冬、弥助はかけがえのない大きなものを失った。妖怪にして、育ての親の千弥《せんや》を……。

だが、ただ失ったわけではなかった。

千弥は弥助の元に戻ってきたのだ。いっさいの記憶を失った、一人の赤ん坊として。

弥助は即座にその赤ん坊を育てることを決めた。

たとえ、大きく育っても、赤ん坊が千弥として蘇《よみがえ》ることはない。千弥であった頃の記憶を取り戻すことはない。

そうわかっていても、他の選択肢など思い浮かばなかった。

弥助はすぐに動きだした。まずは赤ん坊を抱え、大家の息子、久蔵《きゅうぞう》の家を訪ねた。

久蔵の家は、町中から少し外れたところにある一軒家だ。周りは畑だらけで、人よりも鳥や獣《けもの》のほうが多い。酒と女と悪い遊びがなにより好きだった頃の久蔵であれば、まずここを住まいにはしなかっただろう。

だが、女房《にょうぼう》をもらってから久蔵は変わった。その女房というのが、生粋《きっすい》の妖怪であったからだ。何かの拍子に秘密が漏れてしまわないようにと、久蔵は用心も兼ねて、この一軒家に移り住んだというわけだ。

一家の主《あるじ》になったからには、いつまでも親のすねをかじってもいられない。

ということで、久蔵は父親の所有している長屋の数棟をまかされた。もともと、人付き合いが得意な久蔵だ。店子《たなこ》達の相談事や問題の対処もそつなくこなし、若いがしっかり者の大家だと、評判になってきている。

昔の久蔵を知っている者達にとっては、それだけでも驚きだが、久蔵はさらに外で遊ぶことをぴたりとやめてしまった。双子《ふたご》の娘が生まれてからは、ちょっとした酒の誘いすら断るほどだ。

「だってさ、俺が留守の間に、このかわいいかわいいお姫さん達に、悪い虫がつきでもしたら困るだろ?」

というのが久蔵の言い分で、まだほんの赤子の娘達をがっちり守るその姿は、親馬鹿以外のなにものでもなかった。

それはさておき、久蔵は弥助が妖怪の子預かり屋をしていること、千弥が妖怪であることを知っている唯一の人間でもあった。妖怪の女房をもらっているということもあり、肝《きも》は相当据わっている。

とは言え、弥助が赤ん坊を見せながら、事情を洗いざらい打ち明けた時は、さすがの久蔵も青ざめた。

「そ、それじゃ……その子、ほんとに千さんなのかい？」

「ああ、ほんとだよ」

目をじわりと赤くしながらも、弥助は腕の中の赤ん坊を見下ろした。

赤ん坊は眠っていた。わずかに赤みをおびた髪に、白いなめらかな肌、赤ん坊ながら整った目鼻立ち。この子は育つにつれて、千弥にそっくりになるだろう。いや、それも当たり前のことだ。この子はまぎれもなく千弥なのだから。

だが、体と魂《たましい》は同じでも、今は真《ま》っ新《さら》な紙と同じ。これからの暮らしと思い出が、新たな人格を作っていくことになる。

そのためにも、弥助は穏やかな日々がほしかった。

赤ん坊を起こさないように、軽くゆすりながら、弥助は久蔵に目を向けた。

「俺、この子を育てるよ。でも、千にいとしてじゃないよ。千にいは……千にいであった心は、もう絶対に戻ってこないんだ。だから、この子は俺の弟として育てる」

「そ、そうかい。おまえがそのつもりなら……それでいいんじゃないか？」

「うん。でも……今住んでいる太鼓《たいこ》長屋じゃだめだ」

それはそうだろうと、久蔵はうなずいた。

「ご近所さん達は、あまりにも千さんのことを見知っているからね。いきなり千さんが消えて、千さんそっくりの赤ん坊をおまえが育て始めたら、誰だって好奇心をくすぐられるってもんだ」

「うん。あれやこれやと、首を突っこんでくる人もいると思う。だから、別の長屋に引っ越したい。ここに来たのは、引っ越し先を相談したかったからなんだ。どこかいいところを探してくれないかい？　太鼓長屋から離れていて、俺達のことをまったく知らない人達ばかりのところがいいんだけど」

「そりゃいくらでも手配してやれるよ。……けど、おまえ、暮らしはどうするんだい？今までは千さんが按摩《あんま》で稼いでいたんだろ？」

「そっちは……なんとかなると思う。妖怪の子預かり屋は続けるつもりだし。妖怪達って、お礼に食い物とかをけっこう持ってきてくれるんだよ。魚とか米とか。あとは、棒手振《ぼてふり》とかちょっとしたことで小遣い稼ぎをしていけば、ちゃんと食っていけると思う」

落ち着きはらった様子で答える弥助に、久蔵はなんとも言えない胸の痛みを覚えた。

これが弥助だろうか。久蔵が知っている弥助は、千弥に甘えてばかりの子供であったというのに。千弥を失い、本当なら目玉が溶けるほど泣きたいはずなのに、そのまなざしはすでに未来を見ている。

「おまえ、男の顔になっちまったねぇ。というより、親の顔ってやつか」

しみじみとつぶやいたあと、久蔵はうなずいた。

「話はわかったよ。そういうことなら、おまえ、ここに引っ越してきな」

「えっ!」

「それがいいわ、弥助さん」

横で話を聞いていた久蔵の女房こと、華蛇族《かだぞく》の初音《はつね》姫もうなずいた。

びっくりする弥助に、久蔵はたたみかけるように話した。

「ちょうどね、そこの庭先に物置小屋を建てるつもりだったんだよ。明日から大工が来る。小屋が建ったら、そこで暮らせばいい。それまではうちの二階で過ごしな。ああ、気にするなって。そのかわり、下男がわりとして働いてくれると助かる。水くみとか薪割りとか。子供らの世話も頼みたいね。なんたって双子は手がかかる。歩くようになったら、俺と初音だけじゃ面倒見きれないかもしれないからね。そうしてくれるんなら、家賃はただだってことでどうだい？」

「ど、どうだいって言われても……ほんとにいいのか？」

「ああ。男に二言はないよ。その赤ん坊も、うちの子達と一緒に育てればいい。きっと姉弟みたいになるだろうさ」

「……いいのか、ほんとに？」

「くどいね。なんだい？　何か問題でもあるってのかい？」

だってと、途方にくれたような顔をしながら、弥助は口ごもった。

「……この子も俺も男だよ？　久蔵、言っていたよな？　俺のお姫さん達に、金玉のついたやつは絶対に近づけないって」

「ああ、そのことならいいんだよ。おまえはどうせこの子の世話にかかりきりになるだろうし。この子もこの子で、おまえのことしか見ないだろうさ」

「え？」

「だって、この子は千さんの魂を持っているんだろ？　だったら、どう転ぼうと、他の者なんて目に入りゃしない。千さんはおまえ一筋だったんだから。つまり、うちの子達は安全ってわけさ」

さてと、久蔵は立ちあがった。

「そうと決まれば、とっとと引っ越しちまおう。これから太鼓長屋に行こう。俺も一緒に行って、家財を運んでやるよ」

「あ、ありがとな、久蔵」

「ああ。だが、赤ん坊は連れて行かないほうがいいな。初音に預けていきなよ。初音、ちょっとの間、いいかい？」

「もちろんよ。うちの子達と一緒に寝かせておくから、弥助さん、安心して行ってらっしゃいな」

「それなら……ちょっと頼むよ、初音姫」

「初音さんと呼んでちょうだいな。私はもう人界のものだし、二人も子を産んだ人妻に、姫という呼び名は合わないもの」

「わかったよ、初音、さん……。じゃ、この子を頼んだ」

弥助は抱いていた赤ん坊を初音に渡そうとした。

と、それまでおとなしく寝ていた赤ん坊が、ぱちりと目を開けた。黒々とした目が弥助をとらえる。

どこ行くの？

置いていくの？

そう言わんばかりのまなざしに、弥助は思わず赤ん坊を抱きしめた。

「大丈夫。大丈夫だよ。ちょっと出かけるだけで、すぐ戻ってくる。そうしたら、ずっとそばにいるから。千に……千吉《せんきち》……」

名を与えながら、弥助は今一度、赤ん坊をぎゅっと抱きしめたのだった。

一

天気のよい春のある朝のこと。千吉は家出をしようと決めた。

六歳になった千吉は、大人がたじろぐような独特の雰囲気をまとった子であった。

まずはその整いすぎた顔立ちだ。

そこらを駆け回る子供らと同じく、着古した短い着物から手足を飛び出させ、ぼうぼうの髪を一つにくくっただけの姿であっても、その美しさは隠しようがなかった。見る者をはっとさせるほどの美貌は、それこそ美姫の落とし子と言っても通じるだろう。

加えて、六歳とはとても思えぬ落ちつきと物腰。なにやらぞっとするほどだと、陰口を叩く者さえいる。

とは言え、他人にどう思われようと、千吉はまるでかまわなかった。大事なのは、大好きな兄、弥助だけだからだ。

自分にとって唯一無二の存在は弥助だと、物心つく頃には悟っていた。父と母は自分が生まれてすぐに亡くなったと聞かされて育ったが、そのことを寂しいとも思わなかった。弥助さえそばにいてくれれば、幸せだったからだ。

だからこそ、わかるのだ。大好きな兄が自分を見るたびに、どこか悲しみをにじませるのが。

その訳を、弥助は決して打ち明けてくれない。周囲の人間や、夜な夜なやってくる妖怪達にそれとなく聞いても、誰もがそれに関しては堅く口を閉ざすのだ。

自分には何か秘密があるらしいと、千吉は薄々感じとるようになった。だが、この秘密はしっかりと守られており、暴《あば》くことはできそうにない。

「……俺がそばにいるから、弥助にいは悲しいのかな?」

自分は兄のところにいてはいけないのかもしれない。

だんだんとそんな想いがわくようになった。

弥助のためなら、どんなことでもするつもりだった。そばを離れるなど、考えるだけで胸が締めつけられたが、兄を悲しませ続けるよりはましだ。

だからその日、遊びに行くと見せかけ、家を出ることにしたのだ。

だが、ここで母屋に住まう双子《ふたご》に見つかってしまった。

「千！　どこに行くの！」

「あたし達も一緒に行く！」

鈴のような声をあげ、双子が駆けよってきた。

千吉よりもほんの数月年上の双子は、ぱっちりとした目元から愛くるしい口、つんとした鼻筋に至るまで、区別がつかぬほどそっくりだ。子供にしては贅沢《ぜいたく》な着物を着て、頭に飾った花かんざしがかわいらしい。

美しさで言うなら、千吉のほうが勝っているが、双子には千吉にはない、こぼれんばかりの愛らしさ、子供らしさがあった。そのため、双子のほうが人から好かれ、愛された。

うるさいのに見つかってしまったと、千吉は顔をしかめた。

「今日は遊びに行くわけじゃない。……ついてくるな」

「そんなこと言わないでよ」

すぐさま言い返すのは天音《あまね》だ。姉として生まれたせいか、銀音《ぎんね》よりも少しせっかちで口達者なところがある。

一方、妹の銀音は幾分おっとりしているが、絶対後には退かない頑固なところがある。今回も声に力をこめて、千吉に宣言してきた。

「だめと言っても、ついてくからね」

双子にじっと見つめられ、千吉は早々に言い聞かせることをあきらめた。そして、家出もあきらめた。

ただでさえ人目を惹きつける千吉に、愛らしい双子の姉妹が加われば、いやでも目立ってしまう。たとえ逃げても、すぐに見つかって、連れ戻されてしまうだろう。双子の父親はあちこちに手を回しており、娘達が決して遠くに行かないよう、目を光らせているのだから。

計画が頓挫《とんざ》したことが憂鬱《ゆううつ》で、だが少しほっとする。今日はまだ弥助の元にいられるのだと。

そんな自分の心の弱さを憎らしく思いながら、千吉は双子と一緒に出かけた。とりあえず近くの河原に行くことにした。ここはきれいな丸石で覆われていて、川は浅くゆるやかで、子供が遊ぶのにはちょうどいいのだ。

ままごとをしたいと言い出す双子に、千吉は肩をすくめた。遊びを楽しいと思ったことはないが、こうなったら最後まで付き合うべきだろう。

「いいよ」

「じゃあ、千は貧乏な職人ね。で、あたし達は大店《おおだな》の娘達。あんたは、あたし達のどちらかと夫婦になりたいんだけど、どっちも好きだから決められないって悩んでいるの」

すらすらと言う天音に、すぐさま銀音が反論した。

「そんなの、普通すぎてつまんない！　せっかくだから、もっとおもしろいのにしようよ。千がおじょうさんで、あたし達が許婚《いいなずけ》っていうのはどう？」

「あ、それ、いいね。じゃ、千はあたしの許婚なんだけど、弟のあんたと好き合っているってことにしようか。で、二人で駆け落ちしようとしてるのを、あたしが邪魔するの」

「うん。そっちのほうがずっとおもしろいと思う。ね、千もそう思うでしょ？」

「ほらほら、役は決まったんだから。千は向こうにいて、銀音を待っていて」

「…………」

どういうままごとなんだと、首をかしげながらも、千吉は素直に従い、少し離れたところまで歩いていった。

そのままぶらぶらと、川の水辺に近づいたところで、千吉ははっとした。

水の中に、黒いものが浮かんでいたのだ。


弥助は籠《かご》の中をのぞきこみ、笑顔になった。藁《わら》を敷き詰めた籠には、見事な卵が三十個、ぎっしり入っていたのだ。

「今日もいっぱい産んでくれて、ありがとな」

そばにいる大きな金茶色の雌鶏《めんどり》にねぎらいの声をかけながら、卵を手早く別の籠へと移していった。二つは千吉と自分に、四つは久蔵一家に、残りはあとで町に売りに行くつもりだった。弥助が持ちこむ卵は、大きくておいしいと評判で、この頃は待ちかまえている客もいるほどだ。

おかげで、それなりの日銭が稼げ、毎日の飯に困ったことはない。ありがたいことだと、しみじみ思う。

「月夜公《つくよのぎみ》も……いいものをくれたよなぁ」

卵を産む雌鶏は、妖怪奉行の月夜公がくれたものだ。餌《えさ》を食べるわけでもないのに、毎日きっかり三十個、卵を産んでくれる。

自分達だけでは食べきれないので、試しに売りに行ったところ、これが評判になったというわけだ。

そうしたことを見越して、月夜公はよこしてくれたのだろう。「これをやる。うまく使え」と、いきなり雌鶏を渡された時は面食らったが、今では本当に感謝していた。

それに、他の妖怪達も何かと弥助を手伝ってくれた。千吉が赤ん坊だった頃は、毎晩のように、食べ物や手作りのおもちゃなどを届けてくれたものだ。中には、何も言わず、そっと小屋の前に魚や餅《もち》を置いていってくれる妖怪もいた。おかげで、おかずに困ることもなく、弥助は一日家にいて、千吉の世話をすることができたのだ。

と言っても、千吉は手のかからない赤ん坊だった。風邪一つひかずにすくすくと育ち、めったに泣くこともない。弥助がそばにいない時だけ、火がついたように泣きだすくらいで、困らされたことはほとんどなかった。

さすがは千弥だと思いかけたところで、弥助ははっとする。

千弥ではないのだ。

あの子は千吉。自分の弟として、何も知らずに育っているただの子供なのだ。

ずきりと、胸がうずいた。いまだに何かの拍子に、千吉を「千にい」と呼びそうになってしまう自分が本当にいやだった。

六年前、弥助の育ての親にして大妖怪であった千弥は、弥助の命を守るために禁忌《きんき》を犯した。その代償として千弥は弥助を失い、弥助もまた千弥を失うはずだった。

だが、千弥は赤子の姿となって、弥助の元に戻ってきたのだ。どうしてそういうことになったのかは、誰にもわからないが、これが奇跡であることは間違いなかった。

だから、これ以上望んではいけないのだと、弥助は自分に言い聞かせた。

千弥という唯一無二の存在は、もうこの世のどこにもいないのだ。千弥のことはもうあきらめて、千吉を弟として育てなくては。

しつこい未練を打ち消すためにも、弥助は決して過去のことを千吉には教えまいと決めていた。

「このまま……普通に育ってほしい」

千弥の生まれ変わりである以上、千吉は妖怪であるはずなのだが、今のところ、その片鱗《へんりん》はまったく見当たらない。きれいすぎる顔と少々赤みがかった髪、歳にそぐわぬ落ちつきを持っているが、すくすくと成長していくところといい、ごく普通の人間の子のようだ。自分の正体を知らないから、人間として育っているのかもしれないと、弥助は思っている。

それならそれでいい。ともかく、千吉が千弥であったことは絶対に教えたくなかった。教えたが最後、何かが決定的に壊れてしまう気がするからだ。

下手な真似をして、千吉まで失うことになってしまったら、それこそ耐えられない。千吉は千吉だ。それ以外の何者でもない。

変わらなければならないのは自分だと、弥助は心の中でつぶやいた。

「久蔵や初音さんも……他の妖怪達も、みんな力を貸してくれているんだからな。肝心の俺がしっかりしないで、どうするってんだ」

弥助の元には毎晩のように妖怪が子を預けにやってくる。そんな彼らのことを、千吉は特に怖がりも嫌がりもしていない。物心つく前からそうなので、周りに妖怪がいるのは当たり前のことだと、受け入れている。

だが、まさか自分が妖怪だとは露《つゆ》ほども思っていないはずだ。

「……みんな、この件に関しては揃って口が堅いからなぁ。ほんと、ありがたいよ」

千弥とは犬猿の仲であったはずの月夜公も、千吉のことを気にかけているらしい。本人はそのことを秘密にしておきたいようだが、残念ながら、甥の津弓《つゆみ》が全部弥助に話してくれるので、筒抜けである。

「月夜公もほんとは優しいんだよな。千吉がもし妖怪として目覚めることがあったら、自分が引き取ろうと思うだなんて……千にいがその言葉を聞いたら、きっとのけぞって驚いただろうな」

この前、津弓が話してくれたことを思い出し、弥助はくすりと笑った。そのあと、ふと今度は久蔵の娘達のことが頭に浮かんできた。

天音と銀音。

千吉と違い、この二人は自分達が妖怪の血を引いていることを知っている。が、今のところ、こちらもごく普通の人間として育っている。不思議な力もなければ、体に鱗《うろこ》や尾が生えてくる様子もない。せいぜい、人と妖怪を見分けることに長《た》けているくらいだ。

「あの子達は……この先、どういうふうに育っていくんだろう?」

思わずつぶやいた時だ。

ぱたぱたと、慌ただしい足音が聞こえてきた。

はははあと、弥助はまた笑った。千吉が帰ってきたらしい。この騒がしさからして、双子も一緒のようだ。

はたして、がらっと小屋の戸を開け、千吉と双子が飛びこんできた。

「弥助にい！」

「弥助にいちゃん！」

「聞いて！　すごいのを見つけちゃったの！」

「違う！　見つけたのは俺だよ！」

「そうよ。天音は悲鳴をあげただけだったでしょ」

「いいでしょ、そんなことはどうでも！」

ぎゃいぎゃいと、三人一緒に叫ぶ子供らを、弥助はなだめた。

「落ちつけって。いつも言ってるけど、順番に話してくれよな。見つけたって言うと、また何か拾ってきたのかい？」

この三人はやたら色々なものを拾ってくる癖があるのだ。犬や猫はもちろんのこと、大きな蛇や蛙《かえる》なども持って帰ってくる。

今度はなんだと思いながら、弥助は千吉が差し出してきたものをのぞきこんだ。そして、

「のぎゃあっ!」と悲鳴をあげた。

千吉が持っていたのは、干からびた黒い手だったのである。

二

「あまり変なものを拾ってくるんじゃないよ」

渋い声で言う弥助の前で、千吉と双子《ふたご》はおとなしく正座をしていた。弥助の隣では双子の母の初音が目をつりあげているので、三人ともなおさら神妙な顔つきだ。

弥助と子供らの間には、手があった。大きな手だったが、手首のところで千切れている。爪はなく、かわりに指と指との間に薄い水かきがはえている。かさかさに干からびており、色は真っ黒だ。

どう見ても人間のものではない。

痛む頭を揉みながら、弥助は千吉を見た。

「犬や猫、虫までならなんとかわかるけど……なんでこれを拾ってこようと思ったんだい？」

「だって……めったに見られないような珍しいものだから、弥助にいが喜ぶかなと思って」

「むぅ……」

「……ごめん。今から捨ててくるよ」

弥助を困らせたとわかり、千吉の顔が泣きそうに歪んだ。それを見て、弥助は慌ててなだめた。

「待て待て。怒ってるわけじゃないんだ。ただちょっと驚いただけで……。そんな顔するなよ、千吉」

「弥助さん。甘いですよ」

きりっとした声で、初音が口を挟んだ。

「こういうことはきっぱり言ったほうがいいですよ。あなた達、今後は二度と何も拾ってきてはいけません。言いつけを破ったら、母様、本気で怒りますからね」

ええっと、双子が不満の声をあげた。

「でも、母様、聞いてよ。放っておけなかったんだってば」

「そうそう。だって、この手、まだ生きていたんだもの」

「そう。そのままにしておけないなって、思ったんだもの」

双子の言葉に、弥助と初音は顔を見合わせた。

「生きていた？　これが？」

「うん、そうなの！　見つけた時、まだ動いていたんだから！」

「そうそう！」

千吉もうなずいた。

「ほんとだよ、弥助にい。でも、水から出したら、どんどん動かなくなって、干からびてきたんだ」

「ふうん。水かきもついていることだし、水妖《すいよう》の類《たぐ》いというのは間違いなさそうだな。……水の中に入れたら、また動くようになるかな？」

「弥助にいちゃん！　それおもしろい！　やってみて！」

「ね、ね、やってみて！」

双子にねだられたこともあり、弥助は盥《たらい》に水をはり、動かぬ手をそっと入れてみた。

と、しぼんでいた皮がみるみるみずみずしくなってきた。色が黒いところは変わらないが、ふっくらと膨らみ、さらにはぴくぴくと指先が動きだしたではないか。

「生き返った！　すごいね、銀音！」

「おもしろいね、天音。ね、母様もおもしろいと思うでしょ？」

「これの何がおもしろいというの？」

「えぇっ、父様だったらきっとおもしろいって言ってくれるのに！」

「母様、父様が帰ってくるまで、これ、うちに置いておいてもいいでしょ？　ね？」

せがむ双子に、初音はぞっとしたような顔をした。初音にしてみれば、こんな不気味な手など、そばに置いておきたくないのだ。

ここで、弥助は初音に尋ねた。

「ところで、初音さん。この手の持ち主に心当たりはないかい？」

「さあ、私にはとんと。華蛇《かだ》一族はもともとあまり他族とお付き合いするほうではありませんし。妖怪については、むしろ弥助さんのほうが詳しいと思いますよ」

「そっか。初音さんはもともと箱入り娘だったわけだしね」

弥助は、盥の中をのぞきながらつぶやいた。

「川の中にあったってことは、上流のほうから流されてきたのかもな。なんにしろ、妖怪のものなら落とし主が探しているかもしれない。今夜、玉雪《たまゆき》さんが来たら、こういう手を持っている妖怪に心当たりはないか、聞いてみるとするよ。ってことで、天音、銀音。この手は俺が預かるから」

「わかった。持ち主がわかったら、あたし達にも教えてね」

「いいともさ。ほらほら、千吉。いつまでもそんな顔をしているなよ。そうだ。今日は俺と一緒に卵売りに行くかい？　全部売れたら、帰りに飴《あめ》を買ってやるからさ」

「うん！」

ぱっと、千吉が笑顔になる。花がほころぶような、こぼれんばかりの笑顔だ。

思わずでれっとする弥助に、初音が額を押さえながら言った。

「甘いですねえ。うちの人といい勝負ですよ、弥助さん」

「だって……千吉はかわいいし。俺もこういうふうに育ててもらったからね」

そう答えたところで、しくりと弥助は胸が痛んだ。

そうだ。こういうふうに、自分は育ててもらったのだ。たっぷりの蜜《みつ》にからめられるがごとく、甘やかされて守られて。

だから、今度は自分が千吉に同じことをしてやりたい。

そう思いながら、弥助は千吉の頭を撫でたのだった。


その夜、兎《うさぎ》の女妖《じょよう》、玉雪が弥助達の小屋を訪ねてきた。

黒地に藤模様の着物を着て、頭の後ろに黒い兎の面をつけている玉雪は、ころりと丸っこい優しげな顔立ちと、ほわほわと温かい心根の持ち主だ。弥助が子預かり屋をまかされるようになった頃からの付き合いで、今もこうして毎晩のようにやってきては、弥助を手伝ってくれている。

千吉は玉雪のことが嫌いではなかった。自分のことを小さな弟のようにかわいがってくれるからではない。玉雪の前だと、弥助がほっとしたような甘えた顔を見せるからだ。そんな弥助を見るのが、千吉は好きだった。

その一方で、これまたちょくちょく手伝いに来るみおのことは苦手だった。

十五歳のみおは、化けいたちにして妖怪医者でもある宗鉄《そうてつ》の娘だ。だが、生粋《きっすい》の妖怪ではない。母親は人間という半妖《はんよう》である。

弥助に対する好意を隠そうともせずに、べたべたしようとするみおが、千吉は目障りでしかたなかった。みおを出入り禁止にできないものかと、もうずいぶん前から考えているほどだ。

さて、それはともかく、玉雪は千吉達が拾ってきた黒い手を見るなり、考えこむ顔つきとなった。

「この手は……もしかしたら、あのぅ、あの方のものかもしれませんねぇ」

「心当たり、あるのかい？」

「あい。ただ、まだ確証はないのですが……あのぅ、ちょいと水から出してみてもいいでしょうか？」

「もちろんさ」

弥助にうなずかれ、玉雪は盥の中に手を伸ばした。

次の瞬間、いきなり水がはねた。活きの良い魚のように、盥から手が飛び出してきたのである。

驚き、のけぞる弥助と千吉に、出てきた手はまったくかまわなかった。一匹の生き物のように、まっしぐらに玉雪へと向かい、その太ももにぴたりとはりついたのだ。そのまま、もみもみと、いやらしく揉みだしたではないか。

あまりのことに、弥助は目をつりあげた。

「こ、この野郎！」

引き剝がそうとしたが、手はすばやくそれを躱《かわ》し、今度は玉雪の胸元に潜りこもうとする。

「きゃあああっ！」

「た、玉雪さん！　大丈夫だから！　今、俺が取ってやるから！　うわっ！　そんな自分ではだけないでくれ！　わわわっ！　見えちまうって！」

「ひゃあああっ！　取って！　早く取ってくださいぃ！」

慌てふためき、ぴょんぴょん飛び跳ねる玉雪に、弥助はどうしたらいいかわからなかった。黒い手が潜りこもうとしている場所が場所だけに、自分の手を突っこむこともためらわれる。

と、それまで黙っていた千吉が、やたら冷静に言い放った。

「玉雪さん、兎の姿に戻ったらいいよ。そうすれば、邪魔な着物もなくなるし、弥助にいが手を捕まえられるから」

「あ、なるほど！　千吉、おまえ頭いいな！　玉雪さん！　兎に戻るんだ！　早く！」

「あ、あいぃ！」

玉雪は頭の後ろにつけていた黒い兎の面を顔にかぶった。

とたん、その体は畳一畳分はあろうかという巨大な白兎へと変化した。

と、思わぬことが起きた。それまで玉雪の胸元にはりついていた黒い手が、興味を失ったかのように、ぽてりと、床の上に落ちたのである。

それっとばかりに弥助は手に飛びつき、空の鍋《なべ》へと放りこんだ。さらにとじ蓋《ぶた》をし、その上に漬物石を載せる。さすがに石の重みをはねのけることはできなかったのか、かたかたと小さな音を立てながらも、手が鍋から出てくることはなかった。

ほっと息をつきながら、弥助は玉雪を振り返った。

「だ、大丈夫だったかい、玉雪さん？」

兎のつぶらな目には涙がたまっていた。

「ああ、びっくりした。冷たくて、ぬるぬるしてて、あのぅ、気持ち悪かったです」

「うん。とんだ災難だったね」

「あい。でも、これではっきりしましたよ。この手は間違いなく、あのぅ、黒守《くろもり》様のものでしょう」

「黒守？　誰だい、それ？」

玉雪の顔が複雑に歪んだ。

「いもりの化身で、井戸の守り手です。水神様の眷属《けんぞく》という大変立派な方ではあるのですが、あのぅ、とびきり好色でもありまして」

「好色……女好きってことかい？」

「あい。女であれば誰でもよいという方でして。それどころか、見目がよければ、あのぅ、男の人でもいいというほど。まあ、いわゆる節操なしというお方です」

「……千吉には絶対会わせないようにしたいな」

「まあ、さすがに千ちゃんほど幼い子には手を出さないかと」

「どうだか。なんせ、千吉は誰が見てもきれいな子なんだ。小さいうちにさらって、大きくなるまで自分の手元で育てようって、考えるかもしれないじゃないか」

苦虫を噛みつぶしたような顔をする弥助に、玉雪は心の中で微笑《ほほえ》んだ。こういう心配をするところは、千弥そっくりだと思ったのである。

だが、それを口に出して言うわけにはいかない。かわりに、黒守のことを話し続けた。

「とにかく、あのぅ、黒守様は無類の女好きです。手だけになっても、こうして女であるあたくしに飛びついてきたことですし、あのぅ、これはもう間違いないでしょう」

「……確かに助平の手であることは間違いなさそうだよな。でも……偉い役職についていて、それなりに力もあるやつなんだろ？　なのに、どうして手だけが川に落ちていたんだろ？」

「俺もそれが気になるよ、弥助にい」

解せないという顔をする弥助と千吉に、玉雪は微妙な笑みを浮かべた。

「たぶん、奥方に食い千切られたんだと思いますよ」

「奥方！」

「そいつ、かみさんがいるの？」

びっくりする弥助達に、玉雪はうなずいた。

「これがまた大変焼きもちやきの奥方だそうです。黒守様が浮気をするたびに、あのぅ、ものすごい勢いで飛びかかって、ぼろぼろにするまで痛めつけるのだとか。黒守様の手や尻尾の先が食い千切られるのも、あのぅ、しょっちゅうだと聞いたことがあります」

「は、激しいんだな」

「あい。奥方は山椒魚《さんしょううお》の化身ということで、あのぅ、気性も食いつく力もそれはそれは強いんだそうです」

ひええと、弥助は身震いした。

「俺、妖怪で一番どうしようもない夫婦喧嘩をやらかすのは、大鶏《おおとり》の朱刻《あけとき》と時津《ときつ》だと思ってたけど……上には上がいるもんだなあ」

「そうですねえ。ともかく、手は黒守様のものでしょう。奥方との喧嘩で千切れたものが、あのぅ、流れに乗って、川下にたどり着いたんだと思いますよ」

「……黒守ってやつ、この手を探しているかな?」

「恐らく。あたくし、ちょいと知らせに行ってきますよ」

「うん、頼むよ。このままここに置いとくわけにはいかないし……どこかに捨てても、とんでもないことをやらかしそうだから。あ、玉雪さん。行くなら、人間の姿で行かないほうがいいよ。黒守に目をつけられたら大変だから」

「そ、そうですね。あい。そうします」

兎の姿のままで、玉雪は小屋から出て行った。

さてとばかりに、弥助は千吉を見た。

「千吉、おまえは久蔵のところに行ってな」

「えっ、なんで？　俺もここにいるよ」

「だめだ。聞いてただろ？　これから筋金入りの助平が来るんだ。手を取り戻したついでに、おまえに目をつけるかもしれない。俺一人で相手をするほうが安全だ」

「だめだよ、そんなの。そいつが弥助にいをさらっちまうかもしれないのに。俺も一緒にいる。絶対に弥助にいに手出しはさせないから」

「いや、あのな、俺とおまえとが並んでいたら、どんなやつだっておまえのほうを選ぶと思うぞ」

「そんなことない。弥助にいは男前だもの」

「……おまえ、医者の宗鉄先生に目を調べてもらったほうがいいぞ」

ともかくだめなものはだめだと、弥助は暴れる千吉を小脇に抱え、久蔵一家が住んでいる母屋のほうに行った。

手短に訳を話したところ、久蔵は快く千吉を預かってくれた。

「千吉のことは引きうけた。あれだったら納戸《なんど》にでも閉じこめておくよ。そのかわりと言っちゃなんだが……その黒守ってやつを絶対にこっちに来させるなよ？　俺の女房《にようぼう》子供に近づけさせるわけにゃいかないからね」

「わかってる」

「……いや、やっぱり心配だな。俺も少し用心しておくか。初音、出刃包丁、出しといておくれよ」

妙に低い声で言う久蔵。こういう時の夫には、何を言っても無駄とわかっているのだろう。初音は苦笑しながら「はいはい」とうなずいた。

こちらはこちらで大変だなと思いながら、弥助は小屋に引き返した。

「やれやれ。こう言っちゃなんだけど、昼間、初音さんが近づいた時に、あの手が悪さをしでかさなくてよかったよ。玉雪さんにしたようなことをしてたら……久蔵のやつ、絶対手を燃やしていただろうな。……でも、なんで昼間は動かなかったんだ？　ああ、そうか。干からびてて、妖力が弱っていたからか」

そんなことを考えていると、玉雪が黒守を連れて戻ってきた。

黒守は、赤い目と赤い髪、ぬめるような漆黒《しっこく》の肌を持つ、大変な美男子であった。神官のような白い衣をまとい、その立ち姿、ちょっとしたしぐさに、なまめかしさがあふれている。

ただ、体のあちこちが傷ついていた。すでに癒えかけてはいるが、赤い傷跡が生々しい。

特に、左の手首から先はなくなっていた。

件《くだん》の奥方にやられたんだろうなと、弥助が思っていると、黒守はつややかな髪をかきあげながら言った。

「ここに我の左手があると聞いてまいったのじゃが、どこにあるのだえ？」

声まで色気たっぷりだ。まるで耳元を舐めあげられるような心地を味わいながら、弥助は急いで手が入っている鍋を差し出した。

「これなんだけど、あんたのものじゃないかい？」

「どれどれ」

鍋の蓋を取るなり、「おおっ！」と、黒守は嬉しげな声をあげた。

「我の手じゃ！　ああ、よかったよかった。奥に嚙み切られ、どこぞに飛ばされてしまったと思うていたが。うむ。ありがたい。再生は時がかかるが、くっつけるのであれば、さほど難しくはないからのぅ」

そう言いながら、黒守は手をつかみ、自分の左の手首へと押しつけた。と、みるみる手が手首にくっつきだしたではないか。

やがて黒守は右手を離し、左手を握ったり開いたりし始めた。

「少し鈍くはあるが……まあ、しばらくすれば元通り動くようになろう。ともかく、よく

見つけてくれたのぅ。おぬしらに心より礼を申すぞよ」

「いや、落とし物を持ち主に返すのは当たり前のことだから。そんな気にしなくていいよ」

「そ、そうですとも」

弥助も玉雪も急いで言った。二人とも、早く黒守に帰ってもらいたい一心だった。

だが、黒守はすぐには帰らなかった。いきなり弥助に身を寄せて、まじまじと顔をのぞきこんできたのだ。

「それにしても……おぬし、目に力のある男子よな。ふむ。我の好みとは違うが、なかなかそそられるぞよ」

そう言って、ぺとりと、黒守は弥助の尻を撫で上げた。

うっと、弥助は棒をのんだような顔となった。つくづくここに千吉がいなくてよかったと思った。今のを見たら、千吉は鉈《なた》を持って、黒守に打ちかかっていたことだろう。

と、すぐさま玉雪が割りこんできた。

「黒守様！　お戯《たわむ》れがすぎると、あのぅ、また奥方様に叱られますよ！」

「おお、それは困る」

さっと、黒守は身を引いた。その顔には照れ隠しのような笑みが浮かんでいた。

「奥にはもうずいぶんと噛まれたからのぅ。これ以上はさすがにごめんじゃ。うむ。しかたない。今日はふざけるのはやめて、屋敷に早う戻って、奥のご機嫌取りに励《はげ》むといたそう。……しかし、またおぬしとはじっくり会いたいものよ。のう?」

「……………」

「ふふ。照れておるのじゃな。初《うぶ》なところがまたかわいらしい。……我に会いとうなったら、我の名を呼ぶがいい。おぬしの声、気配は覚えたからのう。すぐに迎えに行くほどに」

粘っこい流し目を弥助にくれたあと、黒守はぬるりとした動きで小屋から去っていった。

弥助と玉雪は顔を見合わせ、どちらともなくため息をついた。

「……なんか、疲れた」

「あい。……あれが旦那様では、あのぅ、奥方様も大変でしょうねぇ」

「だろうね。……千吉を迎えに行ってくるよ。あいつ、きっと大騒ぎして、久蔵達を困らせているだろうから」

「そうですね。それがいいと思います」

「あ、黒守が俺の尻を撫でたことは、千吉には言わないでおくれよ?」

「もちろんですよ」

そうして、黒い手の落とし物の件は、無事に落着したのである。

三

黒守の一件から数日後の夜、弥助と千吉の元に二人の子妖《こよう》が訪ねてきた。妖怪奉行、月夜公の甥の津弓と、梅妖怪の梅吉《うめきち》だ。

津弓はころりと小太りで、頭には角が二本、尻には白い尾が一本はえており、愛嬌《あいきょう》はあるものの、美貌の月夜公とはまったく似ていない。

一方、青梅そっくりの肌をした梅吉は、手の平に乗るほどの大きさだ。だが、いつでも元気いっぱいで、ちょこまかとすばやく動き回る。

この二人のことを、妖怪達は「悪たれ二つ星」と呼んでいる。二人が一緒にいると、どういうわけか騒ぎが起こるからだ。

だから弥助も、顔を並べた津弓と梅吉を見るなり苦笑した。

「また揃ってやってきたな」

「えへへ。こんばんは、弥助」

「よう、弥助。千吉も元気だったかい？」

「うん」

「……あいかわらず無口そうだなあ、千吉は。というか、また大きくなったんじゃないかい？」

「だねえ。前は津弓よりずっと小さかったのに。あと少しで津弓に追いつきそうじゃない？……できれば、津弓より大きくなってほしくないんだけど」

無茶なことを言う津弓に、弥助は笑いながら言った。

「そういうおまえ達は、全然変わらないよな。俺がおまえ達と知り合ってから、九年以上経つのに」

「そりゃ、おいら達は妖怪だもん。人間みたいにどんどん歳を取っていくわけないよ。そうしたいと願えば別だけど」

「願えば、体が大きくなるのか？」

「まあね。と言っても、おいらはせいぜい身の丈が三寸になるくらいかな。残念だけど、梅妖怪は鬼みたいに大きくはなれないのさ」

ちょっと悔しげに言う梅吉の横で、津弓も口を開いた。

「津弓はねぇ、叔父上から言われているの。急いで大きくなる必要はないって。ゆっくり

ゆっくり大きくなるのじゃぞって」

「ははあ。月夜公としては、いつまでもおまえに小さな子供のままでいてもらいたいんだな。そうすりゃ、遠慮なく甘えてもらえるし、べたべた甘やかすこともできるもんな」

月夜公が甥っ子を溺愛していることは広く知られていることなのだ。

と、ここで千吉が津弓に尋ねた。

「月夜公は元気なのか?」

「うん。叔父上ならお変わりないよ。あいかわらずきれいで、お強いよ」

「そうか」

千吉は口元を少しほころばせた。

千吉は月夜公が好きだった。どうしてなのかはわからないが、その顔を見ると、心に嬉しさがにじむのだ。その好意がこそばゆいのか、月夜公はいつも千吉と目を合わさないし、めったにここに来ることもないのだが。

一方、津弓の言葉を聞いて、弥助はぶるりと身を震わせた。

「あいかわらずってことは……おい、津弓。今夜ここに来るって、ちゃんと月夜公に伝えてきたんだろうな?」

「もちろんだよ。いつもいつも勝手に抜けだしてくると思わないでよ、弥助」

「そうそう。今夜のおいら達はちゃんとお許しをいただいているんだ。ってことで、弥助、千吉、おいら達と潮干狩りに行こうぜ」

「潮干狩り？」

「そう。大きなあさりがごろごろ採れる穴場を知っているんだ。今夜はちょうど干潮だし、行かない手はないよ」

「ね、行こうよ、弥助。津弓、たくさん採って、叔父上に持って帰ってあげたいの」

「あさりかぁ」

弥助は心がそそられた。ぷっくりと太ったあさりは、味噌汁にしてもいいし、酒蒸しにしてもいい。

だが……。

「いや、今夜は俺は行けないな。これから座敷童《ざしきわらし》のとよが来るんだ。なんか、相談があるらしい。おまえ達だけで行ってこいよ。ってことで、千吉、楽しんできなよ」

弥助の言葉に、たちまち千吉は口を尖らせた。

「弥助にいが行かないなら、俺も行かない」

「そう言うなって。俺のかわりに、あさりをどっさり採ってきてほしいんだよ。そうすりゃ、しばらく楽しめるぞ。おまえの好きな深川飯も作ってやれるし。久しぶりに、俺もあさりの酒蒸しが食いたいしな」

「わかった。弥助にいがあさりがほしいなら、俺、たくさん採ってくるよ」

千吉はころりと気持ちを変えた。弥助の頼みを聞くことは、千吉にとってこの世の何より重要なことなのだ。

二人のやりとりに、津弓と梅吉はくすくすと笑った。

「弥助と千吉こそ、あいかわらずだよねぇ」

「だよなぁ。仲が良くていいことだよ。ま、じゃあ、千吉、行こうぜ」

「うん」

大きな籠《かご》を持って、千吉は津弓達と小屋の外に出て行った。

それを見送り、戸を閉めたあと、弥助はこれから来る客に思いをはせた。

「とよ、か……」

座敷童のとよは、五歳くらいの幼い女の子の姿をしている。最初の出会いは六年前。他ならぬ千弥が、とよを弥助の元に連れてきたのだ。

座敷童は、居着いた家に幸運をもたらす存在だ。その力を使って、千弥は弥助に豊かな暮らしを味わわせたかったらしい。

実際、とよが滞在中は良いことがたくさんあった。

買い物に行けばおまけをつけてもらえたし、道を歩けば小銭を拾った。隣人達からは、毎日のようにおかずのおすそ分けがあった。果ては富くじまで引き当てたのだ。

強欲な者にとっては、そんなのはささいな幸運だったかもしれない。

だが、弥助はなんだか怖くなった。この力に甘えては危険だと感じ、早々にとよに去ってもらったのだ。

「あの時の千にいと来たら……。せっかく私が連れてきた座敷童を無駄にするなんてって、ずいぶん嘆いていたよなぁ」

千弥のことを、弥助はせつなくほろ苦く思い出した。千吉がいない時くらい、こうして千弥を懐かしんだっていいだろう。

それはさておき、そのとよが、久しぶりに弥助に会いに来るという。いったいなんの用なのか、弥助は見当もつかなかった。

「厄介事じゃないといいんだけどな」

思わずつぶやいた。

一方、小屋を出た千吉達は、さっそく浜に向かうことにした。

梅吉を肩に乗せたあと、津弓は千吉の手を取った。

「じゃ、行くよ。目をつぶってて」

「わかった」

千吉が言われたとおりにした次の瞬間、ざあっと、強い風が逆巻いた。体が浮きあがるような感覚に襲われ、千吉はぐらりと傾きそうになった。

だが、風はすぐに消え、かわりにどっと潮の香りが押しよせてきた。「もう目を開けていいよ」と言われ、千吉はまぶたを開いた。

千吉達はなだらかな砂浜の上に立っており、目の前には海が広がっていた。海は穏やかにさざ波を打ち寄せており、その音だけが聞こえてくる。周囲を見ても、人はおろか、あやかしの姿も見当たらなかった。

「よかった！　ちゃんと着いた！」

津弓がほっとしたように言えば、梅吉も感激したように声をあげた。

「津弓！　おまえ、だいぶ術を使うのがうまくなったなぁ。おい、千吉。前なんかひどかったんだぜ。千年池に行くはずだったのに、行きついた先はなんと大山姥《おおやまんば》の口の中だったんだ。よだれは臭いし、大山姥は喉をつまらせるし、もう大騒ぎになっちまったんだから」

「も、もう！　梅吉！　それはもう言わないって約束したでしょ！」

「ごめんよ。ただこうして遠くにもちゃんと飛べるようになったんだなあって、驚いたもんだからさ。さ、潮干狩りしようぜ」

ぴょんと、梅吉は津弓の肩から飛び下り、濡れた砂を掘り返しだした。

千吉と津弓も負けじと潮干狩りにとりかかった。しっとりとした砂は重たくも心地よく、しかもさほど深く掘らなくとも、大きなあさりが転がり出てくる。

千吉は思わず歓声をあげた。

「すごい！　本当にたくさん出てくる！」

「そりゃそうさ。穴場だって言っただろ？」

得意そうに梅吉が言ったが、千吉は聞こえていなかった。頭の中は、あさりを持ち帰ったら、弥助がどんなに喜ぶだろうということでいっぱいだ。

着物が濡れるのもかまわず、千吉は膝をつき、どんどん砂を掘っていった。津弓も夢中で励《はげ》み、こちらは早くも顔まで砂だらけになっている。

やがて、籠はいっぱいになり、千吉と津弓の二人がかりでないと持てないほどの重さになった。

「これだけ採れれば十分だよな」

「そうだね。じゃ、いったん弥助のところに戻ろうよ。そこで三人で山分けしよう」

「うん」

にこにこ笑顔で、三人は帰ることにした。

津弓は千吉の手を取り、気合いを入れて術をかけた。三人は瞬時に浜辺から離れ、そして……。

気づけば、真っ暗な深い穴の中に落ちていた。

穴にはどろどろとしたものが満ちていて、津弓も千吉も腰まで浸かった。それだけでもぞっとすることだったが、この泥はすさまじい悪臭を放っていた。

「ぐえええっ！　なんだこりゃ？　糞《くそ》？　くっさぁ！」

「嘘嘘！　なんで？　うえええっ！」

「つ、津弓！　落ちつけ！　早くここから出よう！」

「うわあっ！　あああっ！　肥《こえ》だめだ！　おいら達、肥だめにはまっちまったんだ！」

「いやあああっ！」

「梅吉、黙れってば！　津弓が落ちつけないだろ！　うえっ！」

悪臭にむせながら、千吉は必死で他の二人をなだめようとした。

この時だ。

ごごごっと、妙に不気味な羽ばたきが近づいてきた。

三人ははっと息をつめた。こんな臭い場所で、身動きがとれない状態で、これ以上悪いものに出くわしたくない。

身を硬くしていると、穴の上のほうから太い声が聞こえてきた。

「うむむ。いかんわ。このところ、ご無沙汰だったからのぅ。こりゃ、たんまり出そうだわい」

次の瞬間、津弓と梅吉、そして千吉すらも悲鳴をあげた。ぎょっとするほど大きな赤い尻が、穴の上に現れたのだ。

「で、よりにもよって、落ちた場所が天狗《てんぐ》の便所だったたってわけか」

話を聞き終えた弥助は、必死で笑いを嚙み殺していた。目の前では千吉がしょげ返っていた。その髪はまだ濡れていて、目は赤く腫れている。

「でも、なんだってそんなことになったんだ？」

「……津弓のせいだよ。あさりが重すぎて術がうまく効かなかったって、言い訳してたけど。梅吉はかんかんに怒って、もう絶対に津弓の術は信じないって言い出すし。で、津弓が泣きじゃくっていたら、月夜公がやってきて、これまた大騒ぎになって」

「あちゃあ。そりゃ大変だ」

「うん。で、俺だけ先に送り返された。ここにいても、おまえは邪魔になるだけだって。……ごめん、弥助にい。そういうわけで、あさり、全部便所の中に落としてきちまったんだ。ごめん。楽しみにしててくれたのに」

繰り返し謝る千吉の頭を、弥助はくしゃくしゃと撫でた。

「そんなこたぁ気にするなって。ともかく、こうして無事に戻ってくれただけで俺は嬉しいよ。よかったじゃないか。便所の中がいっぱいだったら、おまえ達、糞の中で溺れていただろうし。それを考えたら、不幸中の幸いだよ。……だけど、天狗もびっくりしたろうなぁ。便所の底から悲鳴が聞こえてきたら、俺だったら飛びあがっちまうな」

「……出そうだったものが引っこんでしまったわいって、嫌味を言われたよ」

「そりゃ言われるだろうな。でも、ちゃんとおまえ達を助けて、水もかけてくれたんだ。上等だよ」

笑顔の弥助に、千吉はやっとほっとしたようだ。しょげていた顔におずおずとした笑みが浮かぶ。

「……そう言えば、座敷童は来たの？」

「ああ。とよなら来たよ。あいかわらずほわほわしてて、何を考えているのかわかりにくい顔をしてたけど……なんか、これを預かってくれって頼まれた」

弥助が懐《ふところ》から取りだしたものを見て、千吉は首をかしげた。

「人形？」

それは手の平におさまるほどの、木の根で作られたかのような人形だった。と言っても、ねじくれた手足と胴体と頭があるだけという代物だ。顔には目鼻もついていない。紙でできた着物を着ているが、水に濡れたことがあるのか、しわがよって、ぼろぼろだ。

「これ……なんなの？」

「さあな。俺にもわからないよ。どういうことだと聞いても、とよは話してくれなくてさ。仲間とか、時が来ればとか、ぼかしたようなことしか言わないんだ。まあ、座敷童が持ってきたものだから、預かっても問題ないだろう。ってことで、引きうけることにした。当分、懐に入れておいてほしいそうだ」

どことなく不気味な人形を、千吉はじっと見た。

禍々《まがまが》しい感じはしない。だが、善いものという感じもない。なんというか、本来の力を見せないよう、じっと我慢しているような気配がする。

確かに持っていても危険はないだろうが、千吉はなんとなく気に食わなかった。だから言った。

「ずっとじゃ、弥助にいが大変だろうから、俺も時々預かる」

「ありがとな。ま、このとおり小さいやつだし、懐に入れっぱなしにしてもそんなに気にならないけどな」

さてと、弥助は立ちあがった。

「とりあえず寝ようか、千吉。で、朝一番に風呂屋に行こう」

「……俺、まだ臭い?」

「まあ、ちょっぴりな」

「…………」

千吉はふたたび世にも情けない顔となった。

四

天狗《てんぐ》の便所事件から数日後の夕暮れ、妖怪医者の娘みおが大きめの風呂敷包みを持って、弥助達の元を訪ねてきた。

知り合った頃は八歳であったみおも、今では十五歳。浅黒い肌に、小柄ですばしっこそうなところは変わらないが、父親によく似た整った顔には娘らしい華やぎとまろやかさが出てきている。白い作務衣《さむえ》を着て、きりりと髪を一つに結ったりりしげな姿は、いかにも医者の見習いという雰囲気がある。

弥助に会うなり、みおは花のような笑みを浮かべた。

「弥助、久しぶり」

「よう、みお。久しぶりだな。元気にしてたか?」

「うん。この頃は父様から色々と患者をまかされててね。それで、なかなか来られなかったの」

「来なくていいのに」

憎たらしそうに言ったのは、もちろん千吉だ。みおの、慕わしげに弥助を見る目が気に入らなくてたまらないのである。

だが、みおはひるみもしなかった。にやっと笑って、千吉を見た。

「あいかわらずね、千吉。でもね、いくらあたしを嫌っても無駄だから。あたしの目には弥助しか入ってないし、あんたの態度で傷つくほど柔《やわ》でもないからね」

「くぅっ！」

悔しげに睨む千吉に、べえっと舌を出すみお。その姿に、弥助はほとほと感心した。

「みおは強くなったよなぁ」

弥助がみおと知り合ったのは、みおが父の宗鉄の正体を知ってしまったことがきっかけだ。それまで人間として育ってきたみおは、自分が半妖《はんよう》であることがなかなか受け入れられず、果ては父親を拒絶するようになってしまった。困り果てた宗鉄が頼ったのが、人でありながら妖怪達と仲良く付き合っている弥助だったというわけだ。

弥助の元に預けられたばかりの頃は、いじけてすねて、何かというと自分の殻《から》に閉じこもっていたみお。それが今ではこうしておおらかに振る舞っている。その姿が、弥助にはまぶしかった。

懐かしそうに目を細める弥助に、千吉は慌てて飛びついた。

「弥助にい！　そんなふうにみおを見ちゃいやだ！」

「ん？　いや、違うって。そういうわけじゃないって」

「そうじゃなくてもだめ！」

「はいはい、わかったよ」

優しく千吉の頭を撫でる弥助に、みおは心の中でため息をついた。まだまだこの二人の間に、自分が割りこむ隙間はなさそうだと思ったのだ。

「……ま、あきらめないけどね」

「ん？　何か言ったか、みお？」

「ううん。それより、今日は預かってほしい子がいるの。頼んでいい？」

「いいけど、みおの親戚の子か？」

「ううん。父様の患者の一人よ」

そう言いながら、みおは持ってきた風呂敷包みを開いた。包まれていたのは丸い鳥籠《とりかご》で、中には手鞠《てまり》ほどの大きさの、まん丸のものが入っていた。

弥助と千吉は目を細めて、鳥籠をのぞきこんだ。

「鞠？」

「いや、すごくでかいけど、卵じゃないか?」

「二人とも、はずれ。こちらはね、化けす……」

「うちゅちゅちゅちゅちゅぅ!」

みおの言葉は、つんざくような叫び声で遮《さえぎ》られた。丸いものが突然声をあげたのだ。

「腹が減ったのじゃ! 何か食べさせよ! 米じゃ! 甘い米! 早う持ってまいれ!」

ものすごい早口で叫ぶものを、弥助と千吉はあっけにとられて見つめた。

よく見ると、金と赤の豪華な着物を着た鳥の妖怪だとわかった。鳥だとわかったのは、くちばしと茶色の羽が生えていたからだ。だが、どこもかしこもぱんぱんに膨らんでいて、鳥らしさがまるでない。声は幼いから子供のようだが、これはいったい何者なのか。

びっくりしている弥助達に、みおが苦笑いしながら言った。

「こちらは化《ば》け雀《すずめ》の若様、紅丸《べにまる》様よ。このとおり、とってもお太りでいらっしゃって、これまで一度も飛べたことがないの」

「そりゃ……その体で飛べたら、逆に驚くよ」

「でしょう? これだけ太っていると、その、便秘にもなりやすくて」

そのせいもあって、紅丸は下腹が張るたびに医者の宗鉄を呼び出しては、薬を出してもらっていたらしい。

「呼び出されるたびに、痩せなさいって、父様は口を酸っぱくして言ってきたの。このまま じゃ薬なしではいられなくなるし、太りすぎは寿命にもよくないって。でも、化け雀達はこの若様に甘くて、なんでもわがままを聞いてしまうのよ。このままじゃ百年経ったって痩せられないってことで、父様が化け雀達を食い止めている間に、あたしが若様を連れ出したってわけ」

みおが話している間も、紅丸はけたたましくわめき続けていた。

ここから出せ。早く何か食べさせろ。体を撫でろ。

要求ばかりの化け雀の子に、千吉は耳が痛いと顔をしかめた。

「こんなやつ、どこか蔵にでも閉じこめて、十日ほど干乾しにしとけばいいのに。そうすれば、すぐに痩せられるはずだよ」

「そうはいかないのよ、千吉。いきなり絶食させるのも、体には毒よ。ましてこの若様は、今まで本当の空腹を味わったことさえないんだもの。下手をしたら死んでしまうわ。とにかく、少しずつ当たり前のものを食べさせて痩せさせたいって、父様が言ってるの。それを弥助に頼みたいんだけど、お願いしてもいい？」

「いいけど、何を食わせりゃいいんだ？　俺んところの飯が、若様のお口に合うとは思えないんだけど」

「これを食べさせて」

みおは大きな袋を弥助に渡した。

「ひえと粟《あわ》を粉にしたものに、消化にいい生薬の粉をあれこれ混ぜてあるの。これを湯でといて、お粥《かゆ》みたいにして食べさせてほしいの」

「……あんまりうまそうじゃないな。食ってくれるかな？」

「これしかないとなれば、最後には食べるでしょ。弥助、千吉。どんなに若様がねだっても、他のものは与えないでね。それだけはお願い」

そう言って、みおは立ちあがった。

「もう帰るのかい？」

「うん。あたしと父様はこれからしばらく雲隠れするわ。あたし達が若様を連れて逃げていると、化け雀達に思わせるの。そうすれば、ここに押しかけてくることはないだろうから」

なんとしても、化け雀達から紅丸を遠ざけなければならないのだと、みおは言った。

「さもなきゃ、若様は絶対瘦せられないもの」

「……化け雀達、ほんとに若様をかわいがっているみたいだなぁ」

「月夜公様が津弓をかわいがっているほどではないけどね。ただ、化け雀はとにかく数が多いのよ。何百羽もの化け雀が若様をちやほやして、わがままやおねだりを聞くんだもの。これじゃだめよ」

「確かに、そりゃだめだ」

わかったと、弥助はうなずいた。

「若様のことは引きうけたよ。そっちはおとりを頼んだ。気をつけてな。あと、宗鉄先生によろしく」

「うん。頃合いを見て、迎えに来るから。あ、そうだ。これも渡しておくね」

みおは、黒い糸のようなものを取りだした。二寸ほどの長さで、髪の毛よりも太い。

「これ、父様のひげなの。もし本当に困ったことがあって、父様の力が必要になったら、これを火にくべて。そうしたら、父様がここに駆けつけるから」

「そいつはありがたいな。じゃ、もらっておくよ。またな、みお」

「うん。じゃ、千吉。またね」

「ふん。とっとと帰れ」

「あんた、ほんとかわいくないわ」

べえっと、千吉にもう一度舌を出してから、みおは小屋から出て行った。

さてとばかりに、弥助と千吉は鳥籠の中をのぞきこんだ。

「これ……ほんとに雀?」

「うーん。模様と羽の色はそれっぽいけど……雀には見えないな」

「蝦蟇《がま》の仲間と言われたほうがまだ納得できるよね、弥助にい」

「そうだな」

一方、こんな無礼なことを言われたことはなかったのだろう。紅丸はぽかんとしたようにくちばしを開け、しばらく黙りこんだ。

が、我に返るなり、ぶわっと羽を膨らませた。

「こ、この無礼者ども!　わしは化け雀の紅丸じゃぞ!　なんという失礼な口を利くのじゃ!　手討ちにしてくれる!　さっさとここから出せ!　うずは!　茶翁《ちゃおう》!　どこにおる!　糸風《いとかぜ》、早うここにまいれ!　無礼者どもがおるぞ!　罰せよ!」

ぢゅんぢゅんと、いくつもの名を呼ぶ紅丸に、弥助は静かに言った。

「いくら呼んでも無駄だと思うぞ。この小屋の周りには結界が張ってあるからな」

「な、なんじゃと!　卑怯な!」

「そう叫ぶなって。耳の奥が痛くなる。腹が減ってるなら、食わせてやるよ」

「わしが貴様らが差し出すものを素直に食べるとでも思うのか!」

「じゃ、いらないのか?」

「……ふ、ふん。た、食べてやってもよい」

「じゃ、くちばしを閉じて、静かにしているんだぞ」

驚いたことに、紅丸は言われたとおりにした。さすがのわがまま若様も、空腹には耐えられないらしい。

弥助はみおからもらった袋を開けてみた。中には細かな粉がつまっており、色といい香りといい、きなこのようだ。それを茶碗に半分ほど入れ、湯をかけて混ぜあわせたところ、どろりとした粥のようなものができあがった。

「こんなもんかな。そら、紅丸。飯だよ。と言っても、鳥籠の中じゃいやだよな。……飛べないっていうし、出してやるか」

弥助は鳥籠を開けてやったが、紅丸は出てこなかった。なんと、その動きすらできないらしい。

しかたなく、弥助は紅丸をつかんで外に出してやった。紅丸の体は石でもつまっているかのように重かった。

「こ、こりゃ飛べるわけないか。ま、ほら、とにかく食いな」

弥助は紅丸を床に座らせ、茶碗を前に置いてやった。その茶碗の中身を、紅丸はおぞましげに眺めた。

「……なんじゃ、これは？」

「食い物。ここにいる間、おまえの食事は全部これな」

「……わしを……殺したいのか？」

「痩せさせたいんだよ。おまえだって、そんなまるまる太ったままじゃいやだろう？」

「なぜじゃ？」

きょとんとした顔で、紅丸は言い返した。

「食べたいものを好きなだけ食べる。それの何が悪いというのじゃ？　わしは少しも困ってはおらぬぞ？　家来達に頼めば、どこにでも好きなところへ行けるし、退屈すれば、家来達が踊りや手妻を見せて楽しませてくれる。今のままでわしは満足なのじゃ」

「……こりゃほんとにまずいな。宗鉄先生が頭を抱えているのが目に浮かぶ」

だからこそ、宗鉄は紅丸を弥助に預けたのだろう。

ここは心を鬼にしなければと、弥助はきりっとした顔になった。

「お屋敷ではどうだったか知らないけどな、おまえはここに預けられたんだ。その間は、家主の俺のやり方に従ってもらう。ここではおまえは若様じゃないんだ。出されたものを文句言わずに食べること。いいな？」

「いいわけなかろう！　許さぬぞ！　人間の分際で化け雀のわしに命じるなど、き、貴様、許さぬぞ！　覚えておれ！　ここを出た暁《あかつき》には、家来達に命じて、貴様の体中に無数の穴を開けてくれるわ！」

紅丸はさらに悪口雑言を続けようとしたが、できなかった。ずいっと前に出てきた千吉が、紅丸の体をつかみあげたのだ。

六歳とは思えない冷え冷えとした目をしながら、千吉はそのまま紅丸を雑巾のようにしぼりあげだした。

「弥助にいの悪口を言うのは許さない。おまえをこのままつぶしてしまっても、俺は全然かまわないんだ」

「ちゅ、ちゅううぅっ！　く、苦しい！　や、やめよ！」

「だったら、黙れ。そして、弥助にいの言うことをなんでも聞け。わかったか？」

「き、貴様、こんなことをして、ただで……ぎゅうっ！　やめ！　わ、わかった。……従う。従うから！」

「最初からそう言えばいいんだ」

涙目の紅丸を、千吉はぽいっと床に投げ捨てた。それから弥助を振り返り、笑った。

「よかったね、弥助にい。紅丸も言うことを聞いてくれるそうだし、これで少しは楽になると思うよ」

「…………」

弥助はすぐには返事ができなかった。

この得意満面の笑み。弥助のためならなんでもしでかす容赦のないところ。

千弥にそっくりだと、また胸がずきりと痛んだ。

「弥助にい？」

「あ、ああ、ごめんよ。ちょっと別のことを考えていて。……あんまり手荒なことをしないでほしいけど、今回は助かったよ。ありがとな」

千吉の頭を撫でてから、弥助は改めて茶碗を紅丸の前に置いた。

ぐすぐす泣きながら、紅丸は茶碗に顔を突っこんだ。次の瞬間、ぶえっと、口に入れたものを吐き散らかした。

「おえっ！　まずい！　こ、これは本当に食べ物なのか？」

たちまち千吉が目を光らせた。

「文句を言うのか、紅丸？」

「うぐっ！　ち、違う。味について、正直に言ったまでじゃ。おえっ！　た、食べられぬ！」

「じゃ、食べなくてもいい。おまえはそのまま飢え死にするだけだ」

「うぬぬっ！　貴様、さては悪鬼じゃな！　慈悲はないのか！」

「ない。いいから食べろ」

「た、食べるとも。生きのびて、必ず貴様らに仕返ししてやるために！」

空腹よりも怒りに駆られたのだろう。まずいまずいと叫びながらも、紅丸は茶碗の粥をきれいにたいらげたのであった。そして、精も根も尽き果てたかのように、ころりと倒れて、いびきをかきだした。

「こいつ、寝ていてもうるさいね、弥助にい」

「そうだな。でも、とにかく食べてくれてよかったよ。お手柄だな、千吉」

褒められて、千吉は嬉しさで体が熱くなった。

こうして褒めてもらえるなら、紅丸のようなやつがいてもかまわないかもしれない。

そんなことさえ思ったのだった。


それから七日あまりが経った。

わがままいっぱいに育ったにしては、紅丸はおとなしくしていた。千吉が自分に対して遠慮も容赦もしないと、最初の段階で悟ったらしい。顔を歪め、文句は言うものの、粥もきちんとたいらげていく。

その粥の効果はすばらしく、紅丸はみるみる痩せていった。ぱんぱんに腹を膨らませた蝦蟇のようだったのが、今では三分の二ほどに縮まっている。だが、それでも動くことはがんとして嫌がった。

「わしは若様じゃぞ。自分の翼で飛ぶ必要なんぞないのじゃ！　弥助。おぬしの肩に乗せてくれ。懐《ふところ》に入れてくれてもよい」

「しょうがないなぁ」

あきれながらも、弥助は「そのくらいのわがままなら」と聞き届けてやることにした。預かっている子供に粗末な飯しか与えてやれないというのは、弥助にとってもつらいことであったからだ。

が、これに渋い顔をしたのは千吉だ。弥助にずっとはりついていいのは、自分だけのはずなのに。血相を変えて、「羽ばたきの練習をしろ！」と、紅丸を怒鳴りつけようとしたが、そのたびに弥助に止められた。

「まあまあ。このくらいはいいじゃないか。俺の肩に乗っているだけで、おとなしくしてくれるんだから」

「だけど！」

「紅丸だって、いつかわかるさ。自分で動き回れたほうが自由で楽しいんだってことがさ」

「むぅ……」

弥助にそう言われては、千吉は黙るしかない。だが、紅丸をそのままのさばらせておくつもりは毛頭なかった。

「……今に見てろ」

千吉は小さくつぶやいた。

さらに数日後のこと。

弥助はいつものように卵を売りに行くことにした。

と、寝転んでいた紅丸が急に声をあげた。

「わしも一緒に行きたいぞ。頼む、弥助。人間の町を見てみたいのじゃ」

「だめだよ。人間におまえを見られたら、面倒なことになる」

「大丈夫じゃ。懐に入ったまま、静かにしておるから。約束する」

「いや、だめだ。万が一ってこともあるからな。そのかわり、鳥籠の中には入っていなくていいから。ということで、千吉、おまえも待っててくれ。紅丸を頼む」

「うん。わかった」

素直にうなずく千吉に、弥助はおやっと思った。いつもは一緒に行きたがるのに。だが、留守番をしてくれるなら、それにこしたことはない。

深くは考えず、弥助は卵を持って小屋を出て行った。

残された千吉と紅丸は睨み合った。何日経とうと、この二人の間が縮まる気配はなかった。千吉の目には嫉妬《しっと》がくすぶり、紅丸の目には怯えと怒りがあった。

「……おい、紅丸。俺もちょっと出てくる。おまえはおとなしくここにいろ。いいな？小屋の外に出ようとするなよ？」

「わかっておる。わしが動かぬことは、おぬしだってわかっていよう？」

「念のために言ってるだけさ。もし逃げても、すぐに捕まえてやる。そして、そのあとは雑巾みたいに絞ってやる」

「わ、わしのような小さなものを脅すとは、おぬし、最低じゃな」

「ふん」

鼻でせせら笑い、千吉は外へと姿を消した。

戸が閉じられるなり、紅丸は舌打ちをした。

「ちゅっ！　本当に恐ろしい小僧じゃ。見ておれよ。今に目に物見せてくれる。……小屋の外に出られれば、野良雀どもに声をかけて、家来達にわしの居所を告げてくれと頼めるものを。敵もなかなか油断を見せてくれぬな。そこにおる鶏《にわとり》は、助けにならぬし」

紅丸はうらめしげに、部屋の奥の籠を見た。そこには金茶色の鶏がすました顔をしておさまっていた。

「同じ鳥のよしみじゃと、最初は助けを求めてみたが……よくよく見れば、妖術によって生み出されたからくり細工。まったく、無駄な期待をさせおって。ああ、かわいそうなわし！　いつまでこんな苦しい思いをせねばならぬのじゃ！」

ふてくされたように、ふたたびごろ寝をしかけた時だった。

かたっと、小さな音がした。

千吉かと思い、紅丸はわざと無視してやることにした。

だが、何かがおかしかった。息がつまるような気配が小屋に満ちていくのを感じる。ちりちりと羽毛が逆立つものだから、紅丸はたまりかねて振り返った。

「おい、なんじゃ！　気味の悪い気配をさせおって！　わしに言いたいことがあるなら、はっきり言えばよ……ひっ！」

紅丸は息をのんだ。

そこに千吉はいなかった。大きな黒猫がこちらにそろそろと近づいてくるところだったのだ。その目はひたと紅丸に向けられている。

「ぢゅっ……」

自分が獲物として狙われていることを、紅丸はいやでも理解した。そして、相手がそんじょそこらの威嚇《いかく》ではびくともしないであろうことも。

逃げたくても、体が動かなかった。恐怖のせいではない。普段から動いていない体は、自分が思っている以上に重かったのだ。ひっくり返った亀《かめ》のごとく、じたばたするのが精一杯だ。

その姿に、猫はますます目を光らせ、じわじわと距離をつめてくる。奥にいる金茶色の鶏には見向きもせずに尻をあげ、尻尾がうねらせる。すぐにでも飛びかかってきそうだ。

「ぴゃあああっ！　誰か！　誰か助けてくれ！　ああ、千吉！　千吉ぃぃぃぃ！」

もっとも呼びたくない名前を、紅丸はみっともなくも叫んでしまった。

だが、それでよかったのだ。

声を聞きつけたかのように、千吉が小屋に飛びこんできた。紅丸に飛びかからんとしていた猫は、ぎょっとしたように千吉を振り返った。その猫に向かって、千吉は「わんわん！」と吼《ほ》えたてた。猫は飛びあがり、混乱したように小屋の中を走り回ってから、外へ逃げていった。

千吉はそれを追わず、まっすぐ紅丸へと近づいて、もがいている紅丸を拾いあげた。

「おい。大丈夫か？　噛まれてないか？」

だが、紅丸はそれどころではなかった。助かったとわかったとたん、今まで以上の恐怖が押しよせてきたのだ。そのままわんわん泣きじゃくり、言葉が出るようになったのはしばらくしてからだった。

「あの猫！　猫め！　わ、わしを狩ろうとしおった！　許さぬぅ！　ぐすっ！　家来達に命じて、尻尾を引っこ抜いて、皮を剥いでくれるわ！」

「やめとくんだな。猫をいじめると、王蜜《おうみつ》の君《きみ》に目をつけられるぞ。いくらおまえが化け雀の若様だからって、王蜜の君がお目こぼししてくれるわけない」

うっと、紅丸は黙りこんだ。わがまま放題に育てられたとは言え、大妖《たいよう》として名高い猫の王、王蜜の君と事を構える勇気はなかった。そのくらいの分別はあった。

そんな紅丸に、千吉は少し優しい声をかけた。

「怖かったか、紅丸？」

「ふ、ふん。あんなの、少しも……す、少しも……」

「怖かったんだろ？」

「ちゅん……」

うるうると目を潤ませる紅丸に、千吉はさらに言葉を続けた。

「もし、俺が帰ってくるのが遅れていたら、おまえ、食われていたぞ。いざという時、自分で動けないと危ないって、これでわかったろ？　それとも、まだ家来達がいるから飛べなくてもいいって言うつもりか？」

「……そんなことはもう言わぬ」

くちばしをわなわな震わせながら、紅丸はうなずいた。

「あれは……本当に恐ろしかった。なすすべもなく猫に食われるところであった。……いやじゃ。そんな死に方はいやじゃ」

「よしよし。おまえ、少しは頭の良いやつだったんだな。じゃ、飛ぶ鍛錬《たんれん》をしろ」

「……やり方がわからぬ」

「とりあえず翼を羽ばたかせろ。そうするうちに、少しずつ強くなって、体を持ちあげられるようになるはずだ」

「わ、わかった」

それまでのわがままぶりが嘘のように、紅丸は小さく答えた。

その日、卵売りから戻った弥助は、小屋に入るなり目を瞠《みは》った。紅丸がふうふう息をつきながら翼を動かしており、千吉がその紅丸を「休むな！　あと三十回！」と、叱りつけているのを目の当たりにしたからだ。

「お、おい。どうしたんだ、千吉？　何をやらせているんだ？」

「羽ばたきの鍛錬だよ。紅丸のやつ、急にやる気になったんだ。だから、俺、見ててやってるんだ」

しれっと言う千吉に、これは何かあったなと、弥助はぴんと来た。

「何があったんだ？」

「別に。とにかく、これっていいことだと思うよ。飛べるようになれば、紅丸はもっと痩せると思うし。そうなれば、その分早く屋敷に戻れるだろうしさ。あ、こら！　紅丸、休むなって！」

「ちゅん……し、死ぬ」

「このくらいで死ぬもんか。ほらほら、あと二十回！」

「ちゅぅ……お、鬼ぃぃ」

「誰が鬼だ！　悪口言ったから、あと五十回やれ！」

「ちゅ、ちゅん！」

死にそうな顔をしながら、それでも必死に従う紅丸に、弥助は目を白黒させるばかりだった。

だが、この鍛錬はじつに効き目があった。千吉にしごかれたことにより、紅丸はさらにさらにと痩せていき、かわりに翼には力がついていったのだ。

三日目には体が浮くようになり、翌日はさらに高く長く空中にいられるようになった。

そうなると、紅丸は急におもしろくなってきたらしい。梁《はり》のところまで飛んでみせると張りきりだした。

千吉も満足げにうなずいた。

「その意気だ。ね、弥助にい。紅丸はこれだけ痩せたし、少し飛べるようにもなってきたわけだし、もう屋敷に帰してやってもいいんじゃない？　さもなきゃ、宗鉄先生に引き渡そうよ。先生だって、これを見れば満足するはずだよ。それに、紅丸も長々ここにいるのはかわいそうだよ」

「かわいそうって……心にも思ってないことを言うもんじゃないぞ」

千吉をたしなめたものの、弥助もそろそろ潮時かもしれないと思った。そこで、みおからもらった宗鉄のひげを火にくべた。

その夜、宗鉄とみおがひそやかに弥助達の元を訪れた。二人とも、不格好ながらも飛び回るようになった紅丸に、言葉が出ない様子だった。

だが、我に返るなり、宗鉄は弥助の手を握りしめた。

「弥助さん、よくぞここまでやってくださった！　ありがとうございます！　正直、これほど見事にやりとげてくれるとは思ってもいませんでしたよ！」

「い、いや、これは俺の手柄じゃなくて、どっちかというと、千吉なんだよ」

「千吉さんが？」

　驚きの目を向けられ、千吉は肩をすくめた。

「そんなことはどうでもいいから、先生、早く紅丸を連れて帰ってよ」

「ははあ。さては、早く弥助さんと二人きりになりたいというわけですね？」

「当たり前だよ」

「あいかわらずですねえ、千吉さんも。ともかく、本当にありがとう。これで私達も、化け雀達から逃げ隠れしないですみます。さ、若様。帰りましょう」

　だが、紅丸は宗鉄の手をさっとよけて、わめいた。

「ふん。宗鉄など嫌いじゃ！　わしをこんな目にあわせたこと、決して許さんぞ！　誰が一緒になど帰るものか。帰るなら、自分の翼で飛んで帰るわ」

「だめだ！」

　千吉が目をつりあげて怒鳴った。

「まだそんなに飛べないだろ？　飛べるようになるのを待ってたら、夏になっちまう！

さっさと先生と帰れよ」

「やじゃ！」

「わがまま言うな！……それとも、また猫が入ってきてもいいのか？」

「ちゅっ！」

「もしかしたら、今度は二匹とか三匹、やってくるかもしれないぞ？」

「ちゅぅ……わ、わかった。しかたない。宗鉄、おぬしと一緒に帰ってやるわい！」

わけがわからないという顔をしながらも、宗鉄は紅丸とみおを連れ、小屋から去っていった。

やっと弥助と二人きりになれたと、千吉は笑顔になった。その千吉に、弥助も微笑《ほほえ》みかけた。だが、その目は笑ってはいなかった。

「千吉。さっき紅丸に言った、猫って、なんのことだ？　ん？」

「え？　俺、猫なんて言った？」

「とぼけてもだめだよ、千吉。……何をやったんだ？」

千吉は必死でごまかそうとした。が、弥助の追及を躱《かわ》すことはできず、紅丸を脅すために小屋にわざと猫を入れたことを白状したのだった。

五

千吉はしょげきっていた。紅丸に猫をけしかけた件で、弥助にしこたま叱られてしまったのである。普段、弥助は千吉に甘いが、このことに関しては怒りの声を抑えようとしなかった。

「いくらなんでもやりすぎだ。もし紅丸が本当に怪我をしていたら、どうするつもりだったんだ。ああ、言い訳なんかするな！……俺が振り回されているのを見たくなかった？　あのな、もし紅丸が怪我していたら、本当に困ったことになっていたんだぞ？　子預かり屋の俺のところで、子供が怪我をしたらどうなるか、わからないのか？」

そう言われ、千吉は青ざめた。自分がしでかしたことが、大好きな兄を追いつめてしまうかもしれないということを、やっと理解したのだ。

子預かり屋の弥助は子供を守れない。あの人間は頼りがいがない。

妖怪達はそう思い、下手をしたら妖怪奉行に弥助のことを訴えるかもしれない。

「ご、ごめんなさい、弥助にい……俺、そ、そんなつもりは……」

「わかってる。おまえがいつも俺のことを思ってくれているってことは、よくわかってい
る。でも、本当に俺のためを思ってくれるなら、もう少し考えてからやってくれ」

弥助のそっけない口調に、千吉は胸を引き裂かれるような心地がした。そして、家出す
ることを決めた。

自分は兄に迷惑をかけてしまう。やっぱりここを出て行こう。今度こそ本気だ。何があ
ってもやりとげる。

そう固く決意したのだが……。

物事はうまくいかないものだ。小屋を抜けだしたところで、またもや天音と銀音に見つ
かってしまったのである。

「どこ行くの?」

「千、あたし達も連れてって」

「……またこれか」

「なになに?　なんて言ったの?」

「……今日は絶対にだめだ。遊びに行くんじゃないんだ。俺、家出するんだから」

「家出ぇ?」

双子《ふたご》の目がきらきらと輝いた。

「それなら、あたし達も家出する！」

「母様ったら、あたし達のこと叱ってばかりなんだもの。あたし達のことなんて、嫌いなのよ」

「そうそう。だから、千と一緒に行く」

「あのなぁ……」

「あ、ほら、母様の足音がする！　急いで行こう！」

「どこまで家出する？　あ、夕ごはんまでに帰ってこられるよね？　今夜のおかず、あたしの好物なの」

ため息をつく隙も与えられぬまま、千吉は二人に手を引っ張られ、走らされた。

どう考えても、今日の家出も失敗のようだ。どうしてこの双子は狙いすましたかのように自分の邪魔をしてくるのだろう。

恨めしく思いながらも、千吉は双子と連れだって、とりあえず町中を歩いていくことにした。

見知った人から見知らぬ人まで、三人組を見るや目を瞠《みは》ってきた。いつものことなので、千吉は動じることもない。一方の双子、天音と銀音は顔なじみから声をかけられるたびに、にこにこと笑顔を返し、飴《あめ》やまんじゅうなどをもらっていた。

というわけで、通りを抜けた時には、双子の腕の中はすっかり貢ぎ物でいっぱいになっていた。千吉はあきれながら言った。

「銀音、その飴は持ってやる。天音、そっちの袋を渡せ」

「ありがと、千」

双子は声を揃えた。声までまったく同じに聞こえる。

「……天音と銀音は本当に似ているよな」

「あら、でも、千はあたし達を間違えたこと、ないでしょ?」

「そうそう。父様と母様以外では、千だけよ。あたし達をきちんと見分けられるのって。弥助にいちゃんや萩乃《はぎの》ばあやだって間違えるくらいなのに。どうして?」

「どうしてと言われても……ただわかるだけだよ」

ぶっきらぼうに言う千吉に、双子は顔を見合わせ、ふふふと笑った。

そう。どういうわけか千吉は二人を見間違えたことはなかった。きちんと見分けて、声をかける。だからこそ、天音と銀音にとって、千吉はより特別な存在なのだ。

「千って大好き!」

「大きくなったら、千のお嫁さんになってあげたいけど……千は弥助にいのことしか好きじゃないから、お婿さんには向かないよね」

「残念ねえ」

ませたことを言う双子に、千吉はふんと鼻を鳴らした。

「俺は嫁なんかいらない。ほら、そこの橋の下に行こう。あそこなら、ゆっくりおやつが食べられるぞ」

「うん」

「ねえ、もし弥助にいが女だったら、千吉はどうしてた？」

「……なんでそんなこと聞くんだ？」

「ふふ、だって、そうだったら、なんかおもしろいことになりそうだなって思って。ね、銀音？」

「だね。きっと大騒ぎになってたと思うなあ」

きゃきゃっと、千吉には理解できない笑い声をあげながら、双子は小さな橋の下へとおりていった。

そうして三人で腰をおろし、おやつを心ゆくまで味わおうとした時だ。

ぞわりと、千吉は周りの空気が変わるのを感じた。ぬちゃりと重たく、生臭いもので体を包まれたような心地は、これまでに感じたことのないものだ。

髪の毛が逆立ち、千吉は爆《は》ぜるように立ちあがった。

「天音！　銀音！　ここから離れよう！」

その言葉に、天音がすぐさま立ちあがった。その顔色は青ざめていた。千吉ほどではないが、やはり鋭いところがある子なので、異変を感じとったのだろう。

だが、二人に比べると鈍い銀音は、きょとんとした顔をしたままだった。

「銀音！　早く！」

妹の手をつかみ、天音が急いで橋の日陰から引っぱりだそうとした時だ。双子の足下がぐにゃりと歪んだ。

双子が悲鳴をあげるよりも先に、地面から盛りあがってきた黒いものが二人を飲みこんだ。

大きなものだった。黒々としており、まさしく闇の化身のようだ。命の気配はなく、それでいて明確な意志を放っている。

「双子……双子……手に入った。これで帰れる。村に帰れる」

ひどく耳障りな、べちゃべちゃと湿った声音が、影の中から聞こえてきた。

ここで、千吉は我に返り、影に飛びかかっていった。

「二人を返せ！」

大切な者は、一も二もなく弥助ただ一人。それでも、共に育ってきた双子に情がないわけではない。二人が泣くのは嫌いだし、ひどい目にあうところなど考えたくもない。それくらいの心は持ちあわせていた。

だが、千吉の小さな体はたやすく跳ね飛ばされてしまった。そして影は、なぜか千吉を食らおうとはしなかった。ただただ「手に入った。村に帰ろう」と繰り返すばかり。その膨らみが徐々に小さくなっていく。地面へと吸いこまれていくのだ。

千吉はふたたび飛びかかったが、影の一部を引き千切るだけで終わった。

そうして影は消えた。天音と銀音も。

千吉は呆然としながらも、握りしめていた右の拳《こぶし》を開いた。ぬかるんだ黒い土が一塊《ひとかたまり》、手の平にべったりとはりついていた。そこから立ちのぼる悪臭は、あの影が放っていたものと同じだ。

「腐った土の臭い……」

わかったのはそれだけだった。

千吉はぎゅっと拳を作った。あの二人はまだ生きていると、確信していた。あの影は双子をどこかに連れ去ったのだ。なんの目的があってかは知らないし、今はどうでもいい。大事なのは、これからどうするかだ。

千吉は矢のように走りだした。

「や、弥助にい!」

小屋に駆けこんできた千吉を見るなり、弥助は集めていた卵を取り落としそうになった。千吉の顔に浮かぶ表情は、これまでに見たことがないものだったからだ。

「ど、どうしたんだ、千吉? 大丈夫か?」

「俺は平気だけど……双子がさらわれた」

「天音と銀音が?」

ざあっと、体から血の気が引いていくのと同時に、「ついに起きてしまったか」とも弥助は思った。

千吉を育てるようになって、初めてわかったことがある。大事な者が傷つけられないかという不安が、常に心の奥底に居座るということだ。

昔は弥助も、自分のことを異様に心配する千弥に苦笑していた。津弓のことで大人げない振る舞いに及ぶ月夜公に、あきれていたものだ。

だが、今なら彼らの気持ちがよくわかる。

子供の姿が見えないだけで、ぞくりとするのだ。

何かあったのではないか？

誰か良からぬ輩《やから》にさらわれたり、たちの悪いいたずらをされたりしていないだろうか？

そんな不安に、胸がきゅっとする。

ましてや、千吉、そして天音と銀音は、揃って美しい子供達なのだ。人さらいに目をつけられてもおかしくはない。

いずれこういうことが起きるのではないかと、弥助も、そして久蔵夫婦も危惧していたのだ。

だからこそ、三人は気をつけて子供達を守ってきた。常に目をくばり、親馬鹿と言われようと警戒を解かなかった。

それに、千吉は気配に敏感だった。怪しい人間には決して近づかず、また近づかせることもない。その直感を信じて、娘達命の久蔵も、「千吉も一緒なら、外に遊びに行ってもいいよ」と、子供達だけの外出を許すようになったというのに。

なのに、双子はさらわれたという。そして、千吉だけがこうして戻ってきたとは、どういうわけだ？

混乱しながらも、弥助はまずは千吉を抱きしめた。そうすると、不思議なほどほっとした。双子には大変申し訳ないが、自分の大事な子が無事でよかったと、そう思う。

自分の身勝手さに少しおののきながらも、弥助は千吉の目をのぞきこんだ。

「落ちついて話してくれ。誰にさらわれた？　相手は見たのかい？」

「見た……人じゃなかった」

「妖怪ってことかい？」

「妖怪でもないと思う。よくわからないやつだったんだ」

悪臭を放つ黒い土を見せながら、千吉は一部始終を話した。その全てを、弥助は信じた。

「黒い影が……双子をのんで消えた……千吉には手を出さなかったんだな？」

「うん。俺はいらないみたいだった。あと、村に帰るって言ってた」

「村……どこの村だろう？」

だが、すぐに弥助は考えを振り払った。考えて答えが出てくるものでもない。そんなことに頭を使っている暇はない。事態は一刻を争う。聞いている限り、さらったのは人外としか思えないのだから。

弥助はさっと立ちあがった。

「まず久蔵達に話す。……久蔵のやつ、気を失わなければいいけどな」

久蔵がどんな狂乱ぶりを見せるか、今から気がかりだった。

意外なことに、久蔵は気を失うこともなければ暴れ狂うこともなく話を聞き終えた。その顔色は灰のような色に変じていたが、それでも目には力が残っていた。

「きゅ、久蔵。大丈夫か?」

「……大丈夫なわけがない。だがね、いつかこういうことが起きるんじゃないかって思っていたんだよ。……そういうことをするのは、人間だと思ってた。まさか人以外のものが、うちの子達をかどわかすとは思わなかった」

うめくように言いながら、久蔵は隣にいる初音を見た。初音の顔も蒼白だった。

「……あやかしの中にも、気に入った人間を連れ去るものはいると聞きます」

初音の声はしわがれ、いつもの鈴のような響きはすっかり失せていた。

「でも、うちの子達に手を出すようなものはいないと思っていた。……あの子達が華蛇《かだ》一族の庇護を受けていることは、妖界《ようかい》では広く知られているはずなのに。ああ、あなた! ど、どうしましょう?」

我に返ったようにすがりつく初音を、久蔵はしっかりと抱きしめた。

「とにかく探す! 探して、必ず見つけるよ! 約束する。大丈夫だよ、初音。二人はきっと取り戻すからね」

妻をなだめる久蔵に、弥助は言った。

「久蔵。これは人の手に余ることだ。妖怪奉行所に行って、月夜公を呼んだほうがいい」

「ああ、そうだな。初音。初音、落ちついて聞くんだ。月夜公だよ。妖怪のお奉行様を呼ぶんだ。俺は妖界には行けないから、おまえが頼りだ。行けるね？　呼んでこられるね？」

あふれる涙をぬぐいながら、初音はうなずき、さっと姿をかき消した。

妻が消えたとたん、久蔵の顔にそれまでになかった獰猛《どうもう》な表情が浮かんだ。

「……どこのどいつか知らないが、下手人の正体が知れたら、必ず報いを受けさせてやるよ。誰だろうとね。……おまえ、止めるんじゃないよ？」

「止めるもんか。それどころか、加勢してやるよ」

弥助が答えれば、千吉も「俺も」とうなずいた。

待ったのはほんのわずかな間だったが、それでも三人は焼けつくような焦れったさを覚えた。自分達では何もできない無力感と情けなさに、心がざりざりと削られていく。

だが、ようやく初音が月夜公を連れて戻ってきた。

妖怪奉行、月夜公は、美麗《びれい》なあやかしであった。すらっとした長身を真紅の衣で包み、研ぎ澄まされた刃のような美貌に半割の般若面《はんにゃ》をつけている。長い髪は純白で、太く長い白銀の尾を三本はやしている。

だが、今日ばかりは、その美しい顔もさすがにこわばっていた。

時を無駄にはできないと言わんばかりに、月夜公は早口で言った。

「話は聞いた。だが、千吉から今一度聞いておきたい。千吉、話せ」

「うん」

千吉は言われるままに、最初から話し、最後に持ち帰った黒い土くれを月夜公に差し出した。

土くれを指先でいじくり、その臭いを嗅いだあと、月夜公は顔をしかめた。

「ふむ。……穢《けが》らわしい気配がするな。だが、妖気はない。これはもっと別のもの。……呪術によるものかもしれぬ」

月夜公のつぶやきに、我慢できないとばかりに久蔵が身を乗り出した。

「そりゃいったいどういうことです？」

「……双子をさらった影を操っていたのは、恐らく人間だということじゃ」

「人間？」

全員が目を丸くした。特に、千吉は口をぱくぱくさせた。

「で、でも……あの影には全然人間の気配なんか感じなかったのに」

「それだけ呪術として強力ということであろう。だからこそ、これは厄介なことよ。……

不本意ながら、あやつに出張ってもらわねばならぬようじゃ」

「あやつ？」

その場にいる全員が、「誰のことだ？」と思った時だ。

ふいに、家の中に疾風が吹きこんできた。驚く一同を取り囲むかのように渦を巻く風。そこから、りんとした女の声が響いてきた。

「事情は聞いた。狐《きつね》、これは私の収めるべき件だ。手出しは無用」

月夜公の美しい顔が苦々しく歪んだ。

「犬め。耳聡いことだな」

「ふん。責務に励《はげ》んでいるだけだ。烏天狗《からすてんぐ》にかしずかれ、ふんぞり返っている誰かとは違ってな」

「……吾《われ》が怠けてるとでも言いたいのかえ？」

「なんだ。はっきりそう言ってやったほうがよかったか？　呆けた奉行には皮肉すら通じぬらしいな」

「貴様！」

怒気を発する月夜公を押しのけるようにして、久蔵が前に出た。渦巻く風に向かって声をはりあげる。

「どこのどなたさんか存じませんが、うちの子達を助けてくださるんで？」

「……手は尽くす。今はそれしか言えない」

「……親の俺達にできることは？　な、何かありませんかね？」

「ない」

「…………」

「それはそうと、そこの二人のことだが……」

声の主の、目には見えないまなざしが弥助と千吉に注がれた。

「へ？　ああ、こいつは弥助で、そっちの子は弥助の弟の千吉ですけど」

「そうか。こたびの件を解決するのに、その二人は役立ちそうだ。連れて行くが、かまわぬか？」

弥助達が答えるより先に、久蔵がまくしたてた。

「どうぞどうぞ！　北の果てでもどこでも連れてって、うんとこき使ってやってくださいよ！」

「こら、久蔵！」

「弥助！　千吉！」

がしっと、久蔵は弥助と千吉の肩をつかんだ。その目は血走っていた。

「頼む！　俺と初音のかわりに行ってくれ！　うちの子達を助けてやってくれ！　あの子らに何かあったら、俺は……俺はとても……」

がくりとうなだれる久蔵に、弥助は口から出かけていた文句を飲みこんだ。少しためらったあと、久蔵の肩に手を置いた。

「わかった。俺に何ができるかはわからないけど、とにかく、やれることは全部やってみるよ」

弥助がそう言ったので、千吉も「俺もやるよ」とうなずいた。

とたん、二人の姿は風に吸いこまれるようにして消えた。声の主の気配もだ。

月夜公は忌々しげに舌打ちした。

「ちっ！　まったくいけ好かぬ犬であることよ。……初音姫。これは西の奉行にまかせるべき件ではあるが、念のため、吾も捜索の手を広げておく。心痛察するが、気をしっかりと持つがよい」

「ありがとうございます。どうかどうかお願いいたします」

「うむ」

月夜公も姿を消した。

残された久蔵と初音は、顔を見合わせた。先に口を開いたのは初音のほうであった。

「きっと……きっと大丈夫ですよ、あなた。西のお奉行が動いてくださるのですから。あの方に、朔《さく》ノ宮《みや》様におまかせしましょう」

「初音……」

「それに弥助さんや千吉も、きっと力になってくれます。月夜公様もああおっしゃってくださいましたし」

「ああ、わかってる。でも……悔しいなあ。俺達の子供のことなのに、待つしかできないってのは苦しくてたまらないよ」

「あなた……」

顔をくしゃくしゃにする初音を、久蔵は抱きしめた。妻と苦しみと不安を分かち合うことしかできない己の無力さが、心底悔しかった。

六

久蔵宅から連れ去られた弥助と千吉は、一瞬にして、茶室のような小さな一間に立っていた。

そこはすがすがしい気配に満ちていた。磨《みが》きぬかれた床、奥に飾られた一輪の白い朝顔に至るまで、さわやかで落ちついている。

そして、目の前には不思議なあやかしが立っていた。

すっきりと細い、だがまろやかさもある体は人間の女のもの。だが、その頭は狼《おおかみ》に似ており、全身、絹のようなつややかな黒毛に覆われている。耳は見当たらないが、恐らく、滝のように流れる長い髪の下に隠れているのだろう。浅黄色《あさぎいろ》の衣をまとい、銀の帯に榊《さかき》の枝を差しこんでいる姿は、清らかな巫女《みこ》を思わせた。

色々なあやかしと顔見知りの弥助だが、このあやかしに会うのはこれが初めてだ。隣にいる千吉を無意識のまま庇《かば》いながら、何者だろうと息をつめた。

と、あやかしが口を開き、あのりんとした声音で名乗った。

「私は犬神《いぬがみ》の長《おさ》にして、西《にし》の天宮《てんぐう》を司《つかさど》る奉行、朔ノ宮だ。弥助と千吉、このたびはそなたらに手を貸してもらいたい。よろしく頼む」

男のような言葉づかいだが、耳障りではない。むしろ、はきはきしていて小気味よい感じだ。もう一人の奉行、月夜公の傲然《ごうぜん》とした物腰とはひと味違うと、弥助は少し朔ノ宮のことが気に入った。

「……妖怪のお奉行が二人いるとは知らなかった。てっきり、月夜公だけかと」

弥助のつぶやきに、朔ノ宮の顔が露骨に歪んだ。

「我ら西の天宮は、人界《じんかい》での禍事《まがごと》を鎮め、浄化するのが役目。だから、あやかし達はもっぱら東《ひがし》の地宮《ちぐう》を頼る。妖界での騒動や事件は、あの狐《きつね》の管轄だからな」

憎々しげな声音に、弥助はもちろんのこと、千吉まで少し首を縮めた。

「……朔ノ宮、様は、えっと、月夜公が嫌いなんですか?」

「朔ノ宮と、呼び捨てにしてかまわない。言いにくければ、敬語も無用だ。ああ、あんなすまし顔の狐、好きになれるはずもない。だが、あやつのことなど今はどうでもよい。さらわれた娘達を救い出すことが先決。そうは思わないか、弥助?」

そのとおりだと、弥助は自分の頭をぽかりとやりたくなった。

銀音と天音。あの子らのことを少しでも忘れていたことに、申し訳なさを覚えた。

「それで、あの二人がどこにさらわれたのか、見当はついているのかい？」

「ああ。私の眷属《けんぞく》が色々と嗅ぎ出してくれている。我ら犬神は鼻が利くのだ」

しっかりとうなずく朔ノ宮に、弥助は胸を撫で下ろした。だが、待てよと思った。見当がついているのに、救いに行かない。それはつまり、非常にまずいことなのではないだろうか？

弥助のまなざしに、朔ノ宮の顔が曇った。

「そうだ。双子《ふたご》をさらったのは、厄介な輩《やから》なのだ」

「でも、厄介って言っても、相手は人間なんだろ？」

「人は確かに関わっている。だが、かどわかしの主犯は……神なのだ」

目を瞠《みは》る弥助と千吉に、朔ノ宮は苦々しげに言葉を続けた。

「神と言っても、そなたらが思い浮かべるようなものではない。この神は、人間が創りだしたものだ」

「人間が、神を？」

「そうとも」

朔ノ宮は白い牙を見せつけるように、皮肉な笑いを浮かべた。

「人間はたやすく神を創りあげてしまう。善悪に関係なく、自分にとって都合のよいものを神として祭りあげることでな。そうやって生み出されたものを、我らは〝虚神《うろがみ》〟と呼んでいる。……一度神となった虚神は、決してその座を手放さない。人間が捧げてくる祈りや供物は、極上の糧《かて》だからだ。……善きものならばともかく、邪悪なものが神になったらどうなるか、わかるか?」

「………」

「最初は人間のほうが虚神を利用していることが多い。だが、力を吸いこみ、強力になった虚神はすぐに人の手に余るようになる。そうなると、もう手がつけられない。人間は自分達に祟《たた》りが及ばないよう、虚神の望むままに贄《にえ》を捧げるようになる」

「贄! あ、あの子達は贄にされちまうって、そう言うのかい?」

「このままではそうなる」

冗談じゃないと、弥助は血相を変えた。

「そんなことされて、たまるもんか! 神だかなんだか知らないけど、とにかく相手はわかっているんだろ? なら、さっさと救い出しに行かないと! な、なんで、そんなのんびりしているんだよ?」

叫ぶ弥助を、朔ノ宮はぎろりと睨みつけた。目には剣呑《けんのん》な光が浮かび上がっていた。

「好きでのんびりしていると思うか、弥助？」

押し殺した声には、殺気さえこもっているようだった。

だが、弥助はひるまず睨み返した。口ぶりからして、双子の居場所もさらった輩の正体も、この朔ノ宮はつかんでいるに違いない。それなのに、何もせずにここにいる。それが許せなかった。

千吉は黙っていたが、その目は子供とはとても思えぬほど鋭かった。

と、息を抜くようにして、朔ノ宮が笑った。

「この私に対して物申すとは、なかなか度胸があるではないか。気に入ったぞ。まあ、まずは話を聞け。大丈夫だ。まだ猶予《ゆうよ》はある。双子が贄にされるのは、次の新月の夜のはずだからな」

「次の新月って……あと二日しかないじゃないか！」

「二日あれば、なんとかなるだろう。とは言え、厄介であることは事実だ。なにしろ、人界では、我らあやかしは何かと動きにくい。しかも、この虚神は狡猾《こうかつ》で、自分の周りに結界を張り巡らしている。もちろん、我が力をもってすれば破ることはたやすい。が、危険を察した虚神がどんな手段をとるか、わかったものではない」

それはすなわち、双子の身にいっそう危険が及ぶかもしれないということだ。

青ざめる弥助に、朔ノ宮は身を乗り出すようにして言った。

「そこでだ。弥助、そして千吉、そなたらにやってもらいたいことがある。双子をさらった者どもの村へ忍びこんでもらいたい。だが、子供らを助け出すためではない。虚神の核を破壊してもらいたいのだ」

「核?」

「そうだ。それは虚神にとって心の臓と同じ。壊せば、たちまち力も形もとどめておけなくなる。そうなれば、我らもすぐに動き、双子を助け出すことができよう」

弥助は驚きはしなかった。そういう話になるだろうと、途中から薄々気づいていたからだ。小さくため息をついた。

「……それで俺達を呼んだのかい?」

「そうだ。そなたの匂いを嗅いだとたん、ぴんと来たのだ。この若者は役に立ちそうだと。私の鼻による勘働きはめったに外れないのだ。託宣《たくせん》に近いと言ってもいい」

「へえ、そういうものなのかい?」

さすがは犬神。それだけ鼻が利くということか。朔ノ宮の長い顔の先についた黒い鼻を、弥助はまじまじと見つめてしまった。

「その……ずいぶんと便利な鼻をお持ちのようで」

「当然だ。犬神一族にとって、嗅覚の鋭さは力の強さを表す。私はその一族の長なのだからな。まあ、それはさておき、そなたらに村に潜入してもらいたいのは、隠密にことをすませたいという理由だけではない。……人の手で生み出されたものは、できるかぎり人の手で始末をつけたほうがいいのだ。さもないと、虚神は祟りを残すからな」

「ほんと厄介なんだな」

唸りながら、弥助は千吉のほうを振り返った。

まだ幼い弟。今の話を聞いても、顔色を変えることもなく静かに弥助を見返してくる。それがかえって危うさを感じさせる。

弥助はふたたび朔ノ宮に向き直った。

「双子のためだ。喜んで手を貸すよ。でも、村には俺一人で行く。千吉は置いていきたい」

「弥助にい！　そんなのだめだ！　俺を置いていくなんて！」

「口を挟むな、千吉。なあ、朔ノ宮。いいだろ？　ああ、そうだ。あれだったら、久蔵に手伝わせるよ。娘達のためなら、あいつ、五人分の働きはすると思うから」

だが、朔ノ宮はかぶりを振った。

「親ではだめだ。あの子らに血のつながりがある者は、その村には入れない。そういう結界なのだ。それとな、弥助、その子は連れて行ったほうがいい」

「……なんでだい？」

「私の見立てでは、その子はなかなか見所がある。利発そうだし、なにより肝《きも》が据わっているそうだ。それに……もし力に目覚めることがあれば、おおいに役に立つだろう」

顔を寄せられ、耳元でささやかれ、弥助はどきりとした。

朔ノ宮は千吉の正体を知っているのだ。

思わず千吉を見たが、どうやら朔ノ宮の最後の言葉は聞こえなかったらしい。ただただ「置いていかれてたまるもんか」という顔でこちらを見ている。

少し胸を撫で下ろしながらも、弥助は朔ノ宮を睨んだ。

「……どうあっても俺達を行かせたいんだね？」

「そういうことだ。そなたらは東の狐とは懇意にしているのだろう？　たびたび、あの鼻持ちならぬ狐めに力を貸しているとも聞く。ならば、我ら西のものとも仲良くやっていかねばな。それが道理というものだ」

しれっと言う朔ノ宮に、弥助はがくりとうなだれた。

どうやらこの朔ノ宮は、なかなか食えぬ策士らしい。千吉のことを持ちだしてくるなど、脅しているのも同然だ。東の月夜公といい、妖怪達の奉行はどうしてこう一筋縄ではいかない性根の持ち主ばかりなのだろう？

盛大に文句を言ってやりたかったが、弥助はそれを抑えた。これ以上、千吉のことで何か言われたくないし、なにより時が惜しかったのだ。

「……わかった。二人で行くよ」

しぶしぶ言う弥助に、千吉の顔がぱっと輝いた。

七

その後、朔ノ宮によって、弥助と千吉はふたたび運ばれた。

おろされた先は、深い山中だった。

これはと、弥助は息をのんだ。

この山の大気はあまりにも濃かった。熟しすぎた果実のような匂いが、そこら中から立ちのぼっている。腐る寸前の、濃密な匂いだ。

それを吸いこんでいるせいか、山は豊かで、そして歪《いびつ》だった。木々はいずれも大きく、生い茂る葉は青々として勢いがあるが、その幹や枝は異様に膨れあがり、ねじくれていた。木肌のあちこちに裂け目もできており、そこからはねとねとと樹液があふれている。

なにもかもが悲鳴をあげているようだと、薄ら寒いものを感じていると、千吉が手を引っ張ってきた。

「弥助にい……」

「ん？　どうした？」

「見て。……あちこちに実がなってる」

「え？……嘘だろ。栗に……あけび？」

それは今の季節に実るはずのないものばかりだった。

呆然としながら、弥助と千吉は朔ノ宮のほうを振り返った。朔ノ宮はうなずいた。

「そうだ。これが虚神《うろがみ》の力だ。山の恵みを不自然に引きだしている」

「……いいことではなさそうだね」

「ああ。虚神がもたらす実りは、甘美な毒だ。とろけるように美味で、そしてじわじわと全てを侵していく」

だからこそ早く解決したいと、朔ノ宮は細い獣道《けものみち》を指さした。

「件《くだん》の村は、この山を越えた先にある。本当なら村のすぐそばにおろしてやりたいところだが、結界があるから、私はこれ以上は進めない。……気をつけるのだぞ、二人とも。虚神のことはもちろんだが、村人達にも用心しろ。決して見つからないようにな」

「でも……その人達は虚神に支配されているんだろ？　訳を話せば、俺達の助けになってくれるんじゃないかい？」

「甘いな」

朔ノ宮は嘲《あざけ》るように白い牙をむきだした。

「なぜ、虚神が山の恵みを引きだしていると思う？　自分を神として扱ってくれている人間達に餌《えさ》を与えるためだ。そして、なぜ虚神がこれほど力をつけたと思う？　他ならぬ人間どもがそうしたのだ」

「……………」

「今や村人達は、強くなりすぎた虚神を恐れるようになっているかもしれない。贄《にえ》を求める虚神を持て余しているかもしれない。それでも、一度手に入れた豊かさを手放すよりは と、虚神に従うことを選んでいる。双子をさらったのがいい証拠だ。……私はな、弥助、これまで多種多様な虚神をこの目で見てきた。だが、虚神を自らの意志で廃した人間はいなかった。ただの一人もだ」

朔ノ宮の声には怒りとやるせなさが満ちていた。今にも泣きだすのではないかと、弥助と千吉は思ったほどだ。

だが、涙を見せるかわりに、朔ノ宮は二人に背を向け、打って変わった静かな声音で言った。

「とにかくだ。村人と虚神がお互いを利用し合っているのは間違いない。この山を見ればわかる。……気をつけろ、弥助、千吉。その強欲さゆえに、村人達は虚神を守ろうとするだろう。欲に取り憑かれた人間は怖いぞ」

「朔ノ宮……」

「村に忍びこむのは夜にしたほうがいい。そのほうが人目につかない。ああ、そうだ。これを渡しておく」

そう言って、朔ノ宮は弥助の手に小さなものを渡した。

それは竹でできた笛だった。小指ほどの長さ、太さだ。

「これは？」

「私の耳だけに聞こえる犬笛だ。虚神の核を壊したら、これを吹いてくれ。どんな強固な結界があろうと、一瞬で破って、そなた達のところに駆けつける」

「……虚神の核って、どんなものなんだい？」

「それは私にもわからぬ。虚神によってそれぞれ違うからな。ある虚神のは壺《つぼ》であったし、別の虚神のは鏡だった。村に行けば、おのずとわかるだろう。村人がご神体として祀《まつ》っているはずだからな」

そして、そこは厳重に守られていることだろう。もしかしたら、見張りもいるかもしれない。

ぶるりと身震いしつつ、弥助はうなずいた。

「わかった。気をつけるよ」

「そうしてくれ。……その笛が吹かれるのを待っているぞ」

その言葉を最後に、朔ノ宮はさっと姿を消した。

とたん、いっそう山の大気が濃くなった気がした。息苦しさを感じながら、弥助は千吉を気遣った。

「大丈夫か、千吉?」

「平気だよ。でも……ここは良くない場所だね」

「ああ。……この犬笛はおまえが持っててくれ」

朔ノ宮を呼ぶことができるなら、お守りがわりにもなるだろう。そう思い、弥助は犬笛を千吉に渡した。千吉は神妙な顔で受け取った。

「わかった。俺、ちゃんと持ってるよ。落とさないように気をつける」

「よし。ぐずぐずしてたら、すぐに夜だ。千吉、行くぞ」

「うん」

二人は手を取り合い、生い茂った茂みをかきわけるようにして、細い獣道を歩きだした。

道はどんどん険しくなり、斜面や崖のようなところも多くなった。

だが、二人をなにより悩ませたのは、全身にからみつくねっとりと重たい大気だった。

しかも、進むにつれて、臭気が混じるようになってきた。

千吉が持ち帰った腐った土の臭いと同じだと、弥助は顔をしかめた。

「こいつは虚神の臭いなのかもしれないな。ってことは、村が近いのかも。千吉、ここから先はもっと気をつけて、ゆっくり行くぞ。声も出さないようにしよう」

「わかった」

その後は周囲を警戒しながら、無言で歩き続けた。

半刻ほど経った頃、弥助は足を止めた。息がすっかりあがってしまったのだ。本来ならもっと先に進めるはずだが、体が重く、疲れがのしかかってくる。

山の空気のせいだと思いながら、弥助は千吉に「少し休もう」と言おうとした。だが、それより先に千吉がこわばった声でささやいた。

「誰かいる」

弥助はとっさにその場に腹ばいになった。千吉もだ。

「どこだ？」

「あそこ」

千吉が指さしたほうを、弥助はそっとうかがった。

自分達からかなり離れたところに、確かに人がいた。二人、いや、三人。みんな男で、屈強そうだ。奇妙なことに、全員が白い衣を身につけ、顔にも白粉《おしろい》をぬりつけている。山の緑の中で、その姿はくっきりと浮きあがっていた。

一方、男達は弥助達にはまったく気づいていないようだ。それがわかり、弥助はまずほっとした。

だが、次の瞬間、思わず声をあげそうになった。斜面を横切るようにして歩いていく男達の一人が、小さな娘を背負っていたからだ。

遠すぎて、天音か銀音の区別はつかないが、それは双子の片割れに間違いなかった。ぐったりとした様子で、男に背負われている。手首を縛られ、男にくくりつけられているらしい。

その姿に、弥助は否応なしに胸の鼓動が速くなった。

まだ生きているのだろうか？　それに、もう一人はどこにいるのだろう？

恐れと心配は尽きなかった。

だが、とにかく、一人見つけられたのだ。これを見逃す手はない。

弥助はちらりと千吉を見た。

まなざし一つで心は通じ、千吉は無言でうなずいた。

そうして、二人は木立や茂みに身を隠しながら、男達のあとをつけ始めた。

山道に慣れているのか、男達の足は速かった。が、幸いにして、見失う心配はなかった。彼らの白装束はよく目立ったからだ。

やがて、うっそうとしていた木々が失せ、急に目の前が開けた。

そこには小さな村があった。と言っても、人影は見当たらず、二十ほどの家々は崩れかけ、畑があったとおぼしき場所には雑草がはびこっている。人が住まなくなって数年は経っているだろう。そのうち、山の中に飲みこまれてしまうに違いない。

朽ちた村に満ちた気配は、妙にうら寂しく、寒々しいものがあった。

男達はそんな村の中を突っ切っていき、やがて小さな祠《ほこら》の前にやってきた。

家々同様、祠もひどく荒れていたが、それだけではなかった。全体に黒い汚れがぶちまけられていたのだ。それは年月によるものではなく、明らかに人の手で穢《けが》されたものだった。

祠から少し離れた家の陰に隠れながら、弥助達は様子をうかがい続けた。

男達は子供をおろし、なにやら祠の前でごそごそとやり始めた。子供は地面に横たわったまま、目を閉じ、ぴくりともしない。だが、嬉しいことに、息はしていた。胸がかすかに上下しているのが見える。

その顔を見て、「あれは天音だ」と、千吉がつぶやいた。

では、銀音はどこに？

いつも一緒にいる双子《ふたご》が一人しか見当たらないことに、弥助も千吉も強い違和感と危機感を覚えた。

と、じゃぶじゃぶと、重たい水音がし始めた。

見れば、男達が大きな瓢簞《ひょうたん》を振って、何かを祠に振りかけていた。

それは得体の知れない黒い泥のようなものだった。嗅いだことのない異様な悪臭が、隠れている弥助達のところまで漂ってくる。

ねとねとと糸をひくそれを、男達は自分達の体にかからないよう、気をつけているようだ。その様子から、あれは毒に違いないと、弥助は思った。

存分に祠を汚したあと、男達はふたたび天音を抱えあげた。と、今度はその口元へ、瓢簞を近づけだしたではないか。

千吉がうわずった声をあげた。

「弥助にい……あれは、ま、まずいよ」

「ああ」

何から何までわからないことだらけだが、これだけははっきりとわかる。あの黒い水は良くないものだ。決して、天音に触れさせてはならないものだ。

慎重に様子を見るつもりだったが、もう我慢できなかった。弥助はとっさに足下にあった大きな石をつかみとり、男達めがけて力一杯投げつけた。それは見事、瓢箪を持っていた男の頭に命中した。

「ごっ！」

妙な声をあげて、男は倒れた。そのまま動かなくなる。

「な、なんだ？」

「おい、どうした？」

いきなりのことに狼狽《うろた》える男達に、弥助は突進していった。天音を抱えている男の足に、体当たりを食らわせるようにして飛びつく。足をとられ、たまらずに男は倒れた。天音も地面に転がった。

「こ、こいつ！　な、なんなんだ！」

叫びながら、三人目の男が弥助につかみかかり、仲間から引き離そうとした。その顔に、遅れて駆けつけてきた千吉が落ちていた瓢箪を叩きつけた。

瓢箪の口から黒い水が飛び散り、男の顔にかかった。

とたん、男の形相が変わった。激しい恐怖で蒼白となり、くしゃくしゃに丸めた紙のように顔を歪めたのだ。

「あ、ああ、ああああっ！」

男は顔をかきむしり、黒い水をふきとろうとした。しまいには地面に顔をこすりつけだした。だが、水はまるで肌に染みこんでしまったかのように取れなかった。

弥助も千吉も、そして弥助ともみ合っていた男も、呆然として力を抜いた。と、水がかかった男がこちらを見た。だが、弥助達には目もくれず、仲間へ向かって両手を伸ばす。

「あああっ！　助けてくれ、甚助《じんすけ》！　おい、助けてくれよぉ！」

「よ、寄るな！　こっちに来るな！」

「なんで俺だけ……いやだ！　いやだああ！　食われるなんて。やだやだやだぁ！　助けてくれ！　み、身内じゃないか！　兄弟同然じゃないか！」

「来たら、こ、殺すぞ！」

助けを求める男に向け、甚助と呼ばれた男は腰の鉈《なた》を抜いた。そのまままじりじりと後ずさる。

突然いがみ合いだした男達に、弥助はあっけにとられてしまった。その弥助に、千吉がささやきかけた。

「弥助にい。逃げるなら今だよ」

「あ、ああ、そうだな」

弥助は天音を抱きかかえ、千吉を連れて走りだした。二人の男は睨み合うばかりで、弥助達の逃げる姿すら目に入らないようだった。

そうして、草ぼうぼうのあぜ道を走り、あと少しで山の中に逃げこめるというところまで来た時だ。弥助の腕の中で、天音が身動きした。

「う、ん。むぅ……」

「天音?」

弥助は思わず足を止め、天音をおろして呼びかけた。

「き、気がついたのか? おい、しっかり! 大丈夫か?」

「え……弥助にいちゃん?」

「そうだよ。千吉もいる」

「千……」

最初こそぼうっとしていた天音だったが、その目はどんどんしゃっきりとしてきた。すぐにきょろきょろと周囲を見回した。

「銀音は? あの子、どこ?」

「それはこっちが聞きたい。でも、話はあとだ。痛いところはないか? 走れそうか?」

「う、うん」

「よし。じゃあ、まずは安全なところへ……」

ここで弥助はぞくっとしたものを感じ、後ろを振り返った。

二十歩ほど離れたところに、男が一人、立っていた。こめかみから血を流し、その右手に鉈を握りしめている。こちらを睨む目には黒々とした憎悪があった。

最初に弥助が石を投げつけた男だ。目が覚めて、追いかけてきたらしい。

弥助は男から目を離さないようにしながら、足下にあった木の枝を拾いあげた。それを構えながら、千吉にささやいた。

「千吉。俺があいつを食い止めておくから、天音を連れて山の中に逃げこめ」

「いやだ！　俺も戦う！」

「ここに来る前に約束しただろ？　俺の言うことをなんでも聞くって。忘れたのか？」

「でも！」

「行けって！　おまえ達がここにいるほうが、足手まといなんだよ！」

強い口調で言われ、千吉の顔が泣きそうになった。だが、弥助は反論を許さなかった。

「大丈夫だ。俺もすぐに追いつくから。でも、俺じゃない人間が追いついてくるようだったら、かまわないから朔ノ宮の笛を吹け。さあ、行け。逃げろ！」

「弥助にい……」

「行け！」

「ほら、千。弥助にいちゃんの言うとおりにしないと」

弥助に怒鳴りつけられ、天音に手を引っ張られ、千吉は足をもつれさせながらも山の中へ消えていった。

ふっと息をつき、弥助は改めて男と向き合った。

「……あいつらのところには行かせない。絶対に」

ぎゅっと枝を握りしめる弥助に、男は無言で襲いかかってきた。

八

山の中に逃げこんだ千吉と天音だったが、すぐにその足を止めた。自分達の足では、遠くには行けないとわかっていた。それならいっそ、村近くで身を隠し、じっとしているほうが安全だ。

そこで、村からさほど離れていない大木へと登った。生い茂った葉が、うまいこと二人の姿を隠してくれた。どんな追っ手が来ようと、よほど気をつけて上を見続けない限り、二人がいることには気づかないだろう。

天音は少しほっとしたような顔をしたが、千吉の顔はひきつったままだった。ああするしかなかったとは言え、この世でなにより大事な兄を置いてきてしまったことに、心が荒れ狂っていた。

兄は無事だろうか？　相手は鉈《なた》を持っていた。ああ、怪我でもしたら、どうしよう？

ぐんぐん青ざめ、息までつまってきた。震えが止まらず、今にも腰掛けている枝から落ちそうになった時だ。

天音が後ろから抱きしめてきた。

「大丈夫。きっと弥助にいちゃんは大丈夫よ、千」

「…………」

「父様が言っていたもの。弥助はいざとなると、ほんとにすごい力を出す。で、あいつが一番力を出すのは、いつだって千吉のためなんだって。だから、必ず無事でいるわよ。千が待っているのに、弥助にいちゃんが負けるはずない」

「……わかってる」

情けないほどか細い声だったが、千吉はなんとか返事をすることができた。この時ばかりは天音がいてくれてよかったと思った。この励《はげ》ましがなかったら、どうなっていたかわからない。

何度か息を深く吸ったあと、千吉は天音と向き合った。

「天音……何があったんだ？　銀音は？」

「うっ……」

たちまち天音の目に涙が浮かんだ。青かった顔色がいっそう青ざめる。今度は天音が木から落ちてしまいそうだと、千吉は天音の手をぎゅっと握りしめた。

「大丈夫だ。銀音は絶対助けるから。そのために俺達は来たんだ」

「う、うん。うん」

「じゃ、話してくれ。影にのまれてさらわれたのは覚えているか？　そのあと、どうなったんだ？」

よくわからないと、天音は消え入るような声で言った。

「覚えているのは、すごく暗くて冷たくて……あと、臭かったこと。あたし、銀音の手をつかんでいたんだけど、気づいたら、あの子、いなくなってた。……かわりに、人の気配がしたわ。あと、すごく怖い気配も」

闇の中で怯えてすくみあがっていると、声が聞こえてきたという。

「あれは……人の声じゃなかったわ。でも、妖怪でもない。すごく、すごく気持ち悪い声だった」

「たぶん、虚神《うろがみ》だ」

「虚神？」

「まがいものの神だって、西のお奉行が言ってた。それより、そいつはなんて言ってた？　聞き取れたか？」

「う、うん。……光の子はいつもの祠《ほこら》に連れて行け。新月の夜が来たら、この影の子を取りこんで、それから祠に向かうから。確か、そんなことを言ってたわ」

「光の子……影の子……」

たぶん、光の子とは天音のことだろう。ならば、影の子というのは、銀音のことに違いない。

顔をひきつらせながらも、千吉は今度はどうして自分達がここに来たかを、手短に話した。最後に小さな犬笛を見せて、ささやいた。

「これを吹けば、西のお奉行が来てくれる。おまえだけでも逃がしてもらうか？」

とんでもないと、天音はぶんぶんと首を横に振った。

「銀音はまだ無事よ。あたしにはわかるの。あたし達、つながっているから。でも、あの子、弱ってる。怖がって泣いてる。それなのに、あたしだけ逃げるなんてできない」

「うん。俺も同じさ。弥助にいを置いていくなんてできない」

そのあと、二人は黙りこみ、ひたすらじっとしていた。

だが、日がぐんぐん傾いていき、夕闇が近づいてくる頃になっても、弥助が姿を現すことはなかった。

気がかりそうに自分を見つめてくる天音に、千吉はきっぱりと言った。

「弥助にいはたぶん捕まったんだ。死んではいないよ。そうなったら、俺にはわかるもの」

「……うん」

「でも、ここで待っていても、弥助にいを助けられない。銀音のことも」

「どうしたらいいの？」

銀音を捜そうと、千吉は言った。

「銀音がいるところに、たぶん虚神もいる。ってことは、虚神の核もそこにあるはずだ。それを壊せば、西のお奉行を呼べる」

朔ノ宮が来てくれれば、全てをなぎ払い、全員を助けてくれるだろう。それだけの力の持ち主だと、千吉は見抜いていた。

問題は銀音がどこにいるかだ。

と、天音が勢いこんで言った。

「銀音がどこにいるか、あたし、わかるわ！」

「ほんとか？」

「うん。つながっているって、さっき言ったでしょ？　案内できるわ。……ほんとはすぐに助けに行きたかったけど、弥助にいちゃんが一緒のほうがいいと思って、今まで我慢してたの」

だが、弥助は来なかった。その理由について、千吉は「敵に捕まってしまったせいだ」と自分に言い聞かせた。それ以外は考えたくもなかった。

自分を奮い立たせるように、千吉は力をこめて言った。

「じゃ、銀音のところに行こう。たぶん、村にいると思う。そこに……弥助にいも捕まっているはずさ」

「……そうね」

追っ手が来る様子もなかったので、子供達は木からおり、暗くなってきた山の中を歩きだした。

じわりとした腹の痛みに、弥助は目を覚ました。

そこはまったく見覚えのない家屋の中だった。荒れ果てたあばら家で、薄暗く、かびとほこりの臭いに満ちている。

見上げれば、屋根には大穴がいくつも開いており、藍《あい》色の空が見えた。その色合いからして、日が暮れてから間もないようだ。じきに夜になるだろう。

そこまでぼんやりと思ったところで、弥助ははっとした。

「千吉！　天音！」

慌てて飛び起きようとしたが、できなかった。手が後ろで縛られていたのだ。弥助は力一杯もがいてみたが、縄目はまったくゆるまなかった。

落ちつけ。まずは落ちつけ。

必死に自分に言い聞かせながら、弥助は周囲をうかがった。自分が汚い土間に転がっているのがわかった。家の朽ちた感じから、まだあの村にいるようだ。

だが、男達の姿はない。千吉と天音の姿もだ。ということは、あの二人はまだ捕まっていないということだろうか？

「……そうであってくれ。頼むから。……うっ！」

また腹が痛み、弥助は思わず身を丸めた。痛むのは殴られたせいだと、ようやく全てを思い出した。

そうだ。自分は千吉達を逃がすために、男と戦ったのだ。

男は強かった。びゅんびゅんと鉈を振り回し、弥助をどんどん追いつめてきた。弥助は必死で躱《かわ》し、隙を見ては反撃しようとした。だが、すぐに限界が来てしまった。鉈を受け止めた枝が、べきっと折れてしまったのだ。

ああ、殺される。

鉈が体に食いこむ瞬間を思い浮かべ、弥助は全身が氷で包まれるような寒気を覚えた。

だが、そうはならなかった。鉈を振り下ろすかわりに、男は弥助の腹に拳《こぶし》をめりこませたのだ。

強烈な一撃に、弥助は体を二つ折りにして、地面に倒れこんだ。

そして今、こうして目を覚ましたわけだ。

自分が生きていることが不思議でならなかった。なぜ殺されなかったのだろう？と、足音が近づいてきた。だが、千吉や天音ではないと、弥助はすぐに気づいた。あの子達はこんな重たい足音を立てたりしない。

案の定、あばら家に入ってきたのは、弥助と戦った男だった。身を硬くする弥助を、男は冷ややかに見下ろしてきた。

「目が覚めたか。……おまえ、何者だ？」

「……子供達はどこだ？」

弥助は逆に尋ね返した。が、男は答えてはくれなかった。弥助を見下ろしてくる顔には、まるで表情がない。

そこで弥助は別のことで男の心を揺さぶることにした。

「あんた達、偽りの神を祀《まつ》っているんだってな」

今度ははっきりと反応があった。男はさっと顔色を変えたのだ。

「何を……知っている？」

「あらかたのことは知ってるさ」

弥助ははったりをかました。

「そうとも。俺は知っているんだ。……あれは神なんかじゃない。邪悪で危険なものだ。ほんとは、あんたらももう気づいているんだろ？」

「…………」

「最初は豊かさをもたらしてくれるかもしれない。でも、次第に、毒を振りまくようになる。人間を利用してくるんだ。だいたい、生《い》け贄《にえ》をほしがるようなものが、良い神様だと言えるかい？」

「…………」

「今ならまだ間に合う。偽りの神なんか崇《あが》めるな。拝むのをやめて、村から追い出しなよ。さもないと、あんたらはいずれ虚神に食い尽くされちまうよ」

男は何か言おうとするかのように、口を開いた。だが、言葉を発する前に、どたどたと足音がして、甚助という男がやってきた。

汗をかき、ふうふうと息が上がっている甚助に、男は短く声をかけた。

「子供は？」

「だめだ。見つからなかった。思ったよりすばしっこい。……もうだいぶ遠くに逃げちまったと思う」

甚助の言葉に、弥助は思わず目を輝かせた。

よかった。千吉と天音はまだ無事なのだ。このまま逃げ切ってくれ。

だが、露骨に喜色を浮かべたのがまずかったらしい。甚助は弥助を見るなり、「この野郎！」と、弥助につかみかかってきたのだ。顔を二度殴られ、弥助は口の奥が切れるのを感じた。

「よせ、甚助！」

「止めるなよ、与一《よいち》！　全部こいつのせいだ！　子供には逃げられるし、き、喜助《きすけ》まで……」

「そう言えば、喜助は？」

「……殴って、祠のそばの木に縛りつけてきた。神水《しんすい》がかかって、我を忘れたようになっちまったから。あいつはもう……だめだ。神水がついちまったら、御暗様《みくら》の食い物ってことだ。今夜にも、み、御暗様に食われちまうだろう」

だからと、甚助は弥助を憎しみの目で睨みつけた。

「許さねえ！　与一、こいつにも神水をかけてやろう。喜助と同じ目にあわせてやらなきや、腹の虫が治まらねえ」

「だめだ。こいつはこのまま村に連れて行く」

「なんでだよ！」

「考えてもみろ、甚助」

与一と呼ばれた男は、甚助の腕を押さえながら、嚙んで含めるように言った。

「今回、俺達はしくじったんだ。こいつのせいとは言え、あの方が俺達を許すと思うか？前に、生け贄を間違って殺しちまった佐平《さへい》がどうなったか、忘れたのか？」

「……さ、佐平」

「そうだ。このまま村に帰ったら、ただじゃすまない。だが、こいつを差し出せば……命だけは見逃してくれるかもしれない」

「そ、そうか。うん。そうだよ、な」

「わかったら、もう殴るな。こいつはあの方への手土産なんだから」

「……わかったよ」

悔しげな顔をしつつ、甚助は弥助の襟を離した。どすんと尻餅をつきながら、弥助は男達を見上げた。

「今度は俺を贄にするつもりか？」

「そうだ」

「……おめでたいな、あんたら。わからないのか？　あんたらがやっているのは、人食いの獣《けもの》に餌《えさ》をやっているのと同じなんだぞ？」

「……黙れ」

「今はまだいいさ。でも、いずれ手に負えないほど大きく強くなる。そうなったら、真っ先に狙われるのはあんた達、村の連中なんだぞ？　それがどうしてわからないんだ？」

「黙れと言ったんだ！」

与一は弥助の喉をぐっとつかんできた。そのあまりの力の強さに、弥助はこのまま絞め殺されるのかと思った。

苦しさにもがく弥助の目をのぞきこみながら、与一は吐き捨てるように言った。

「わかっているさ。あれが……あれが良くないものだってことくらい、みんなわかってる。でもな、あれのおかげで、飢えて死ぬ者はいなくなった。毎日、腹一杯、飯を食えているんだ。そのためだったら……いくらだって供物を捧げるさ」

そう言って、与一は弥助を突き放した。地べたに転がり、げほげほと咳きこみながらも、弥助は男達を見上げた。信じられない思いだった。

「な、なんの罪もない子供でも、さ、捧げるって言うのか？」

「……どうせよそ者だ。俺達は俺達の村が一番大事なんでな」

与一の言葉に、甚助も顔を歪めながらうなずく。

弥助は心底落胆した。自分の言葉は、男達には届かないのだ。男達は虚神のもたらす豊かさをたらふく食らい、それなしではいられなくなってしまっている。

だが、このまま村に連れて行かれるのなら、それはそれで好都合だ。そこにはきっと銀音がいるはず。見つけて、どうにかして逃がしてやりたい。そのためにも、ここはおとなしくしておこう。

だが、弥助の思惑通りにはいかなかった。甚助がそわそわした様子で声をあげたのだ。

「なあ……いくら手土産があるって言っても、このまま村に戻るのはまずいと思うぜ。……あの方は双子《ふたご》にこだわっていた。きれいな双子が手に入ったって、すごく喜んでいたろ？　なのに、一人を逃がしちまったと知ったら、お、俺達も食われちまうかもしれない」

「……そうだな」

「だからよ、やっぱり逃げた小娘を捕まえようぜ」

こいつが使えるかもしれないと、甚助はふたたび弥助の襟首をつかんで、荒っぽく揺さぶった。

「こいつ、あの小娘の知り合いみたいだ。こいつを山の中に連れてって、痛めつけてやろうぜ」

「なるほど。声をあげさせて、逃げた子供をおびき寄せようっていうんだな?」

「ああ。なんかきれいな小僧もいたし……生け贄が増えれば、あの方に喜んでもらえるかもしれねえ」

「……いい考えだな」

ぎらぎらと、正気を失ったように目をぎらつかせる男達。

一方、弥助は血の気が引いていた。

これはまずい。

弥助が捕まっていると知ったら、千吉は必ずこっちに戻ってきてしまうだろう。それが罠だとわかっていても、弥助を見捨てていけない。そういう子だ。そうなれば、遅かれ早かれ、天音も捕まってしまうだろう。

弥助はじっとりと汗をかきながら、必死で考えを巡らせた。

餌に使われてはかなわない。どうにかして逃げなくては。考えろ。考えろ。隙を見て、走って逃げてみるか? いや、手を後ろで縛られていては、うまく走れない。いくらもしないうちに追いつかれるだろう。では、どうする? とにかく、何かしなくては?

ふいに、あることが頭に浮かんだ。そして、弥助はすぐさまそれを「やる」と決めた。どのみち、このままでは贄にされてしまうのだ。だったら……。

「水……」

弥助は与一と甚助に訴えた。

「水をくれよ。喉がからからなんだ。……飲ませてくれるなら、山の中で叫んで、子供達を呼んでやるから」

「……おまえ、何か企んでいるな？」

「いや……あきらめただけさ。意地をはって、痛めつけられるのもごめんだ。あんたらの言うとおりにするから。でも、まずは水をたっぷり飲ませてくれ。そうしないと、大声なんて出せやしないよ。なあ、頼むよ」

ねだる弥助を、男達は胡乱《うろん》そうに睨んでいた。が、与一が根負けしたようにうなずいた。

「いいだろう」

「おい、与一。こんなやつに水なんて……腕をへし折ってやれば、喉が嗄《か》れていたって、でかい声を出すさ」

「で、弱り切ったところを、あの方に差し出すのか？　忘れたのか？　あの方は活きの良いのがお好きなんだぞ？」

「それは……」

「いいから、そこの裏の井戸に連れてってやれ。まだ水は涸《か》れていないはずだ。……水を飲んだら、子供らを呼んでもらう」

不服そうな顔をしつつ、甚助は荒っぽく弥助を立ちあがらせ、外へと連れ出した。

弥助は山を見た。すでに夜闇に沈み始めている。身のこなしの軽い千吉と天音であれば、きっとこの闇に溶けこみ、逃げ切れるだろう。

「おい！　さっさと歩け！」

腰を蹴られ、弥助はよろよろと前に進んだ。

と、井戸が見えてきた。かなり大きなもので、のぞきこむと、下のほうで水が光っているのが見えた。

「ちっ！　こんなやつのために、なんで俺が水汲みなんかしなきゃならねえ！」

悪態をつきながら、甚助は釣瓶《つるべ》を井戸におろそうとした。その目がちらりと弥助からそれた。

その隙を突き、弥助はすばやく動いた。甚助の大きな体を押しのけ、井戸に身を躍らせたのだ。

ひゅっと空気が体をすり抜けていき、どーんという強い衝撃と共に、体が冷たい水に包まれるのを感じた。
気を失いそうになるのをこらえ、弥助は一つの名を呼んだ。

九

びくんと、千吉は体を震わせた。突然、妙な胸騒ぎに襲われたのだ。

思わず足を止め、胸に手を当てる千吉に、天音が不思議そうにささやいた。

「どうしたの？」

「……なんでもない。ちょっと……肌寒かっただけだ」

「そうね。夜の山は冷えるわね」

すでにとっぷりと日は暮れ、二人は暗闇に包みこまれていた。だが、千吉も天音も、夜目が利く。また暗闇を怖がるような質《たち》でもなかった。二人がなにより怖いのは、それぞれの半身とも言える存在を失うことだからだ。

千吉は唇を噛んだ。

もうずいぶんと山の中を歩き続けている。だが、まだ村にはたどり着かない上、ここに来てこの胸騒ぎ。いやな不安が高まってきてしかたがない。

それを振り払うため、千吉は天音に尋ねた。

「本当にこっちで間違いないんだな？」

「うん。こっちに銀音がいる。はっきりそうだとわかるの」

「……双子《ふたご》って便利なんだな」

うらやましいと、千吉は心から思った。自分にもそういう力があったらよかったのだ。

そうすれば、離れていても、大好きな兄のことがわかっただろうに。

一方、天音の顔は曇っていた。

「あたしだって、自分にこんな力があるなんて、今まで知らなかった。こんなふうに離れ離れになったことなんて、一度だってなかったんだもの。……早く行かなくちゃ。銀音がすごく怖がってる」

「ああ。……今行くから待ってろって、伝えることはできないのか？　あと、銀音はもう虚神《うろがみ》に会ったのかな？　会ったんなら、どんなやつなのか、教えてほしいんだけどな」

「えっと、そういう細かいことを伝え合うのは無理みたい。あたし達、お互いの気持ちを感じているだけだと思う」

「……そうか」

千吉はがっかりした。できれば、双子のつながりから虚神のことを知り、それを手がかりに、虚神の核を見つけたかったのだが。

「急ごう」

「うん」

二人きりで深い山中を進むのは、まるで山に飲みこまれていくような心地がした。虚神の気配に満ちているため、なおさらだ。息をするたびに、甘く腐った大気が喉の奥にはりつき、体の動きが鈍くなる。

だが、どれほど疲れても、体のあちこちを木や石にぶつけてすりむいても、千吉も天音も一言も弱音を吐かなかった。ことに天音は、元来は着物を汚すのが大嫌いだというのに、ためらいもなく泥の中にすら足を踏みこんでいく。

そのがんばりがついに実った。暗闇の先に、明かりが点々と見えてきたのだ。

その時には、さすがの千吉達もぼろぼろだった。疲れ果て、足首も痛くてたまらなかった。だが、前方の明かりを見るなり、二人は俄然《がぜん》力を取り戻し、小走りでそちらに向かっていった。

やはり、そこは村だった。真夜中だというのに、村のあちこちには大きなかがり火が焚かれ、まるでこれから夜祭りが始まると言わんばかりだ。

だが、この村ではそれが普通らしい。その証拠に、出歩いている者は一人もおらず、家家はしんと寝静まっている。いや、息を殺して、家の中に閉じこもっているかのようだ。

千吉は顔をしかめた。

この村には恐怖が立ちこめている。村人達は虚神とやらにすっかり骨抜きにされ、萎縮《いしゅく》してしまっているようだ。だが、人目につかないですむのなら、それはそれで好都合だ。

うなずきを交わしあい、千吉と天音はそろそろと村の中へと入っていった。

そこら中で明るく燃えているかがり火。それだけに、闇や影がいっそう濃く浮かび上がって見える。そして悪臭がひどかった。山の中に立ちこめていたものとは比べものにならないほど強烈だ。

こんな中でよく平気で暮らしていけるものだと、千吉は村人達のことを空恐ろしく思った。

一方、天音のほうは形相が変わっていた。

「こ、こんなひどいところに銀音が……」

怒りと焦りでかすれたつぶやきをもらす天音。今にも走りだしそうな様子だったので、千吉はぎゅっと天音の手を握って引き止めた。

「だめだ、天音。落ちつけ。こういう時ほど用心しないと」

「わ、わかった。……こっちよ」

早足で進みだす天音を、千吉は足音を立てないようにしながら追っていった。

やがて、村の最奥らしき場所にやってきた。そこには小さな家屋があった。

見た目は、まるで御堂のような造りだった。屋根も壁も黒く塗りつぶされているため、闇に溶けこんでしまっている。が、圧倒的な禍々《まがまが》しさを放っているため、見逃すことはまずない。

人間達が虚神に与えた住まいだと、千吉は確信した。ここに虚神は腰を据え、人間達を好きなように操り、贄《にえ》をむさぼってきたのだろう。

本当なら、間違っても足を踏み入れたくない場所だ。だが、天音はこの家の前でぴたりと足を止め、それきり動こうとしない。目はつりあがり、じっと扉を睨んでいる。ここに銀音がいるのだと、その姿は声なき叫びをあげていた。

中に入るしかなさそうだと、千吉は覚悟を決めた。それに、もしかしたらここには虚神の核もあるかもしれない。それを壊すことさえできれば、なにもかも解決できるはずだ。

いつでも吹けるよう、手の中に犬笛を隠し持ち、千吉は天音にうなずきかけた。

二人はそろりと前に進み、そっと扉に手をかけた。意外なことに、鍵はかかっていなかった。

音を立てないよう、千吉は細心の注意を払いながら少しずつ扉を開いていった。

滑りこめるだけの隙間ができたとたん、声をかける間もなく、天音が中に飛びこんでいってしまった。

あれほど気をつけろと言っておいたのにと、千吉は歯がみしながら自分も中に入った。入ってみて、おやっと思った。思ったほど強烈な気配がしない。むしろ、ここより外のほうが邪気が強い。

虚神は今ここにいないと、肌で感じた。

さすがにほっとしながら、千吉はさっと内部に目をくばった。

暮らしというものがまるで感じられない場所だった。家具はおろか、皿や茶碗すら見当たらない。ただ奥に屏風《びょうぶ》一つがあるだけだ。ぎょっとするような紅色の屏風で、闇の中では大きな獣《けもの》の舌のような生々しさがあった。

そして、天音はまさにその屏風の前にいた。細い腕で抱き起こそうとしているのは、自分とそっくりの少女だった。

千吉も慌ててそちらに飛んでいった。

銀音は生きていた。ざっと見たところ、傷一つないようだ。髪も肌も、着ている白い着物もきれいなものだ。首や手首にはつややかな黒玉を連ねたものを飾っている。そして、額には大きな目玉模様が一つ、黒々と描かれていた。

それを見たとたん、千吉は肌が粟立《あわだ》った。この模様はよくないものだと感じたのだ。急いで手でこすってみたが、かすれもしなかった。水でしっかり洗わなければだめなようだ。それもこれも含めて、今すぐ銀音をここから連れ出さなければ。

千吉と天音は銀音を起こそうとした。だが、薬かなにかで眠らされているのか、二人がかりで揺さぶっても、銀音は目を覚まそうとしなかった。深い寝息を立てるばかりだ。

天音が青ざめた顔をしながら千吉を見つめてきた。千吉はうなずいた。

とにかく、ここから出さなくては。

二人で銀音を挟むようにして腕をつかみ、ずりずりと扉のほうへと引きずっていくことにした。

だが、あと数歩で外に出られるという時だった。ぶわっと、なんとも言えない生臭い重たい風が外から吹きこんできた。

風は千吉と天音を弾き飛ばし、ぐわぐわと笑い声にも似た音を立てながら銀音の周りを取り囲んだ。

と、銀音が空中に浮かびあがった。ふわりと、まるで風に抱きあげられたかのように。その白い着物がみるみる漆黒《しっこく》に染めあげられていく。

「ぎ、銀音！」

思わず天音が叫ぶのと、銀音の額に描きこまれた目玉模様がぎょろりと動くのは同時であった。

目玉はまっすぐ千吉達を見つめてきた。そこにはただただ深い闇が宿っていた。

十

よし婆《ばあ》ははっと身を起こした。どきどきと、胸の動悸が激しいのは、また悪夢を見ていたせいだ。

とっさに煙通しの窓から外をうかがった。

空はまだ暗かった。糸のように細い三日月があるだけで、星も見あたらない。夜明けはまだまだ先なのだと、よし婆は絶望しながら悟った。

山々に囲まれたこの村は、夜が深い。ただ深いのではなく、恐ろしいものに満ちている。

夜は怖い。暗闇が恐ろしい。どこに影が、御暗様が潜んでいるか、わからなくなるから。

今では、村人達は真夏でも囲炉裏《いろり》でがんがん火を焚き、その明かりの届く場所で眠るようにしていた。早く夜が明けますようにと、祈りながら長い夜を越すのだ。

だが、どんなに明かりを作ろうと、悪夢はしつこく忍び寄ってくる。

よし婆はなんだか泣きたくなってしまった。

もう長いこと、安らかに眠ったことなどない。この先もきっと、昔のように心地よく眠れることはないだろう。

「どうして……」

どうしてこんなことになってしまったのだろうと、何千回目かわからない言葉が口からこぼれた。

もっと山裾《やますそ》に近いところに村があった頃のことを、最近はしきりに思い出す。

あの頃の暮らしは、本当に惨《みじ》めなものだった。山を切り開いた小さな田畑は、わずかな実りすら出し渋った。山の獣《けもの》は警戒心が強く、めったなことでは罠にもかからなかった。人々は一年の大半を飢えて過ごし、冬には子供と老人がよく死んだ。

それが変わったのは五年前、御暗様が村にやってきてからだ。

御暗様を村に連れ帰ったのは、他ならぬよし婆だ。あの日のことは、今もはっきりと思い出せる。

あの日、何か食べられるものはないかと、よし婆は山の中を獣のようにうろついていた。ひもじさのせいで、手足に力が入らず、頭もぼやけていた。

そんなよし婆に、ささやきかけてくるものがあった。

頭の中に直接響いてくるような不思議な声を、よし婆は最初は空耳だと思った。だが、声はしつこかった。

自分を村に連れて行ってくれ。

神として祀《まつ》ってくれるなら、豊穣をもたらしてやろう。

繰り返されるささやきに負けて、よし婆は声を投げかけてくるものを村に連れ帰ってしまった。そして、まずは自分だけで崇《あが》めることにした。村では長く祀ってきた神がすでにいたし、変なものを連れてきたと、村人に白い目で見られては困るからだ。

よし婆は壺《つぼ》に入れたそれを御暗様と名づけた。名前がほしいと、それがねだったからだ。

最初の頃はとても楽だった。御暗様は壺の中でじっとしており、よし婆は毎晩、そこらで捕まえた虫や蛙《かえる》を壺に落とし、祈りを捧げるだけでよかった。

すると、どうだ。少しずつよし婆の周りで良いことが起こりだした。他の畑が干からびていようと、よし婆の猫の額ほどの畑には、必ず作物が実った。山に行けば、行く先々で山菜や木の実を見いだすことができた。

やはり、自分が持ち帰ったのは良い神であったのだ。

喜んだよし婆は、村人達に新たな神を祀るように勧めた。最初は疑心暗鬼だった村人達も、御暗様の力を知るに連れて、我先に祈りを捧げるようになった。よし婆は、御暗様の巫女《みこ》となり、御暗様の言葉を皆に伝えるのが役目となった。

御暗様は、自分だけを見てほしいと望んだ。また、この村は居心地が悪いと、日陰が多い山間部へと村を移すように言ってきた。

だから、人々は古い神の社《やしろ》を打ち壊し、村を新たな場所に移した。

そのあと、しばらくは幸せで豊かな日々が続いた。畑も山も、あふれんばかりに実りを与えてくれた。村人達の腹は満たされ、笑顔がはじけるようになった。

だが、次第に御暗様は代償を求めるようになった。供物は虫から小鳥へ、小鳥から兎《うさぎ》や鶏へと、どんどん大きなものへとなっていった。やがて、必死で仕留めた鹿や熊を差し出しても、御暗様は満足しなくなった。

村人達は震え上がった。際限なく贄《にえ》を求める神におののいたのではない。神の機嫌を損ねて見捨てられてしまうことを、心底恐れたのだ。

かつての惨めで貧しい暮らしには決して戻りたくない。

それが全員の想いだった。

そんな時、たまたま旅の行商人が村にやってきた。山道に迷い、ここにたどり着いたのだという。

村人達は、行商人を盛大にもてなした。できるかぎりのごちそうを作り、本来は正月にしか飲まないどぶろくを惜しげなく振る舞った。

そうして行商人が深い眠りに落ちたところを、御暗様に捧げたのだ。

あの時、自分達は本当に地獄に落ちたのだと、よし婆は思う。

よし婆が持ち帰ったのは良い神ではなく、悪しきものであった。それを、自分達は大切に育ててしまった。何度も「おかしい」と気づく予兆はあったというのに。だが、欲に目がくらみ、何も見ようとしなかった。

そのあげくがこの様《ざま》だ。決して後戻りできぬ禁忌《きんき》に足を踏み入れてしまった。

こうなっては、あとは地獄の底に向かって突き進むしかない。

それからというもの、運悪く山に入りこんだ者達を、村人は御暗様に捧げるようになった。後ろめたさはどんどん薄れていった。一度も百度も同じことだった。どうせ、皆、地獄行きなのだ。

だが、この山奥までやってくる人間はそう多くはない。すぐにまた供物に困るようになった。なにより、力をつけた御暗様はすっかりわがままになっていた。

ついには子供をほしがるようになった。

子供、それも双子《ふたご》をくれるなら、今年一年、豊穣を約束しよう。

よし婆は御暗様の言葉を皆に伝えた。子供のさらい方も、御暗様から教わった。選ばれた村人達は山をおり、あちこちに御暗様の影を仕込んだ泥団子を落としていった。

その結果、それはかわいらしい双子が手に入った。

御暗様の喜びようは大変なものだった。

よし婆達も嬉しかった。

あとは、明日の夜にしかるべき儀式をして、御暗様が贄を食らう手伝いをすればいいだけだ。そうすれば御暗様は満足し、一年は贄を求めることなく、自分達に恵みをもたらしてくれるだろう。

飢えることのない日々を思えば、贄への申し訳なさも哀れみも感じずにすんだ。むしろ、さっさと儀式を終わらせて、安心したいとすら思う。

「うっ……」

自分の考えに、よし婆はぞっとした。この老いた体の中に化け物がいるような気がした。いつからこんな考え方しかできなくなってしまったのだろう。

自分の浅ましさを、よし婆は情けなく思う。恐らく、村人全員が同じように思っていることだろう。

今のままでいいのかと、心の中でささやく声もする。

昔は確かに貧しく、いつでも飢えていた。だが、あの頃はこんな息苦しさはなかった。今の暮らしは満ち足りており、そして恐怖が常によりそっている。かりかりと、小さな鋭い爪でひっかかれているような不快感があるのだ。

いつ、御暗様がこちらに牙を剥いてくるだろうかと、思わずにはいられない。そういう不気味さを、御暗様は醸《かも》し出すようになってきているから。

だが、どんなに不気味で恐ろしくとも、一度味わってしまった豊かさは手放しがたかった。なんとしても続けていきたいと願ってしまう。たとえ、過去に戻ることができたとしても、結局は同じ道を選ぶことだろう。

どこまでも罪深いと、ため息をついた時だ。

家の横を、風が通り過ぎていく気配がした。ぐわぐわと、重たく気味の悪い音を立てる風からは、粘っこい気配と悪臭がした。

御暗様だと、よし婆は息をつめた。

最近の御暗様は貪欲になる一方だ。与えられる供物に満足できなくなると、こうして夜に狩りに出かける。極上の贄にもうすぐありつけるとわかっていても、我慢できないほどその飢えは高まっているということだ。

飢えている時の御暗様にとって、生きとし生けるものは全て餌《えさ》だ。村人だろうとそうでなかろうと、区別はいっさいしない。それが怖いから、よし婆は決して夜は外に出ないようにしていた。暗闇の中で御暗様と出くわすのはごめんだ。

今も、石のように動かず、御暗様が社に戻っていくのをひたすら待った。

巨大な芋虫《いもむし》がぬるりと村の中に入りこんできたかのような気配は、よし婆の家の前を通り過ぎ、奥へと去っていった。

よし婆はようやく大きく息を吸った。ほんのわずかな間であったが、生きた心地がしなかった。

ああ、早く日が昇ってほしい。日のあるうちは、さすがの御暗様もおとなしいからだ。

「早く……朝に……」

祈るようにつぶやいたあとのことだった。

ふいに、大気が震えるのを感じた。

これは御暗様の声だ。何かあったのだ。

すぐに駆けつけたほうがいいだろうかと、腰を浮かせかけたよし婆だったが、すぐにまた腰をおろした。

これは怒りの咆哮《ほうこう》ではない。歓喜の声だ。何があったか知らないが、御暗様は喜んでいる。なら、自分がわざわざ様子を見に行く必要はあるまい。むしろ、お楽しみを邪魔してしまったら、それこそ怒りを買うかもしれない。

そう思い、よし婆は耳をふさぐことにした。

よし婆はどこまでも人間だった。弱くて、そしてしたたかであった。

十一

「あ、ああ……ああ、だめ。だめよ、銀音。目を覚ましてよ」

か細い声で、天音が銀音に呼びかけた。

だが、銀音は目を閉じたまま、にやりと笑った。そうすると、愛らしい顔立ちが信じられないほど邪悪に歪んだ。

虚神《うろがみ》だと、千吉は悟った。

立ちすくむ千吉と天音の前で、銀音に取り憑いた虚神は突然激しい笑い声をあげだした。社《やしろ》が揺れるほど笑ったあと、虚神は銀音の口を使ってしゃべりだした。

「嬉しい。嬉しい。きれいな子。もう一人、手に入るなんて、すごく嬉しい」

幼子のような舌足らずな口調だった。だが、そこにあふれるのは悪意と飢えだ。

たじろぐ千吉達を、虚神は飴玉《あめだま》を舐めあげるがごとく見つめた。

「光の子……まだ食べられない。今食べたら、だめ。でも、そっちの子。ああ、きれいきれい。すぐに食べてあげる」

狙いは自分だと知り、千吉はとっさに天音の横から飛び離れた。

「逃げろ、天音!」

だが、天音は逃げるどころか、銀音に駆けより、空中に浮かんでいる妹の足にしがみついた。そのまま引きずり下ろそうと力をこめながら、天音は叫んだ。

「起きて! 銀音、起きてよ! そこにいるんでしょ? そんなやつ、体から追い出すの! 銀音ならできる! がんばってよぉ!」

この絶叫に、ぴくっと、銀音の閉じた目元が小さく動いた。

それに苛立ったのか、ぎろっと、額の目玉が天音を見下ろした。

「邪魔」

銀音の口が開くなり、ぶえっと、大量の黒いものが吐き出された。それは天音を弾き飛ばし、そのまま粘ついた網となって、天音の体を壁へとはりつけた。

まるで蜘蛛《くも》の巣にかかった羽虫のように、天音は身動きが取れなくなってしまった。

「銀音! ぎ、銀音ってば!」

だが、虚神はもはや天音には見向きもしない。その黒々としたまなざしは、千吉に向けられていた。

これは自分達の手に負えないと、千吉は思った。

虚神の核は壊していないが、朔ノ宮を呼ぼう。呼んで、銀音から虚神を祓《はら》ってもらおう。千吉は犬笛を口に当て、力一杯吹き鳴らそうとした。その千吉に、ふいに銀音が飛びかかってきた。

「うわっ！」

押し倒され、千吉は犬笛を手放してしまった。慌てて手を伸ばしたが、銀音がのしかかってきた。千吉の首をがっちりとつかみ、顔を近づけてくるではないか。

執拗《しつよう》に狙ってくるのは、千吉の口だった。何かを注ぎこむつもりなのか、それとも何かを吸い出すつもりなのか。

「や、やめろ！」

千吉はもがき、必死で抗った。が、本気で暴れることはできなかった。なんと言っても、相手は銀音なのだ。手荒な真似はしたくなくて、どうしても力がこめられない。

天音が泣きじゃくりながら何か叫んでいたが、銀音はにたにたと笑いながらいっそう千吉につかみかかってくる。

熱く生臭い息が、よだれと一緒にあごにしたたってきた時、千吉は死を覚悟した。

同時に、弥助のことを思った。

この村では見つけられなかった兄。今、どこにいるのだろう?

銀音の細い指が、千吉の口に突っこまれ、食いしばった歯をこじ開けにかかった時だ。

ふいに、誰かが飛びこんできて、千吉から銀音を引っぺがした。その姿を見るなり、千吉は叫んでいた。

「弥助にい!」

弥助だった。

目を輝かせる千吉を、弥助はさっと立ちあがらせた。千吉を抱きしめると同時に、すばやくその体に目を走らせ、怪我がないかを確かめる。

「大丈夫か?」

「う、うん。そっちこそ、無事だったんだね!」

「当たり前だ。追いつくって約束しただろ?」

「うん。うん。そうだよね。……でも、なんで濡れてるの? それに、その痣《あざ》、どうしたの?」

千吉が不思議がるのも無理はなかった。弥助は頭のてっぺんから足のつま先にいたるまでびしょ濡れで、頬には見たこともない赤い痣ができていたのだ。

だが、弥助はかぶりを振った。

「そんな話は後だ。それより……あれは銀音、なのか？」

弥助に力任せに放り投げられた銀音は、今、天井にやもりのようにはりついていた。嬉しくてたまらないとばかりに顔を歪ませ、ぐわぐわと、不気味な笑い声を立てている。

「嬉しい。本当に嬉しい。また一人、獲物が手に入るなんて。なんて、いい夜だろう」

けたたましく笑いながら、銀音は弥助達の真上まで這い進み、そこから蜘蛛のように飛び下りてきた。千吉を押しのけた弥助の首にかじりつき、その口を開かせようと指をねじこんでくる。

「や、弥助にい！」

「お、俺にかまうな！　天音を、た、助けろ！」

千吉に命じたあと、弥助は身を転がしてなんとか銀音の腕を振りほどいた。

だが、銀音を操る虚神はしつこかった。今度は弥助の足をつかみ、よじのぼろうとする。

弥助は思わず殴りつけようとした。そんな弥助に、壁にはりつけられた天音が叫んだ。

「やめてやめて！　銀音はまだ中にいるの！　ひどいことしないで！」

弥助はひるみ、どうしたものかと、一瞬固まってしまった。

その隙を、虚神は見逃さなかった。猿のような身軽さで弥助の体をよじのぼり、今度は肩車をするがごとく、両足を弥助の首にからませたのだ。そのままぐいぐいと、容赦なく喉を足でしめあげていく。

弥助の顔がみるみる赤黒くなるのを見て、千吉は悲鳴をあげ、駆けよろうとした。

「よ、せ！」

千吉から少しでも虚神を遠ざけたくて、弥助は身をのけぞらせた。その拍子に着物の袂《たもと》が大きくはだけ、何かがそこから転がり落ちた。

どーんと、石臼が落ちたかのような音がした。

いったいなんだと、全員がそちらに目を向けた。

床にあったのは、木の根で作られた人形だった。弥助が座敷童《ざしきわらし》のとよから預かり、ずっと懐《ふところ》に入れていたものだ。からからに乾いて、ほとんど重さなどなかったはずなのに、その人形の重みで床が凹《へこ》んでいる。

と、人形が小さく身動きした。まるで生きているかのように身をくねらせ、半身を起こし、とうとう立ちあがったではないか。

そうして人形は、まっすぐ奥にある紅色の屏風《びょうぶ》のほうを向いた。

ずんと、その場の空気が一気に冷えた。

人形が放った憎悪は、それほどまでにすさまじかったのだ。

思わず固まる一同の前で、突如、人形の手足が伸びだした。それは蛇のようにからまりながら、恐ろしい速さで広がっていく。

悲鳴をあげて、銀音が弥助の肩から飛び下りた。獣《けもの》のようなすばやさで、屛風のほうへと走っていく。

だが、人形の根のほうが速かった。

ばりっと、大きな音を立てて、根の先端が屛風を貫き、その奥にあったものをつかみあげた。

それは大人の拳《こぶし》二つ分ほどの大きさの、丸い泥団子だった。濡れているのか、しっとりとした黒色をしており、ひどい臭いを漂わせている。

銀音に取り憑いた虚神がふたたび悲鳴をあげた。なんとか泥団子を取り戻そうと、両手を差し伸べる。

だが、その虚神の目の前で、ぐしゅりと、泥団子は容赦なく握りつぶされた。

虚神が絶叫した。それは断末魔の叫びであった。

長々しい悲鳴と共に、しゅうしゅうと、黒い煙が銀音の全身から立ちのぼっていく。同時に黒かった着物から色が抜けて、白くなっていった。

ふらりと、銀音がよろめいた。そのまま床に倒れそうになるのを、間一髪で弥助が抱きとめた。

「おい！　銀音！」

銀音は答えなかった。だが、その額からは禍々《まがまが》しい目玉模様がきれいに失せていた。

壁にはりつけになったまま、天音が悲鳴のような声をあげた。

「弥助にいちゃん！　ぎ、銀音は？」

「大丈夫だ。気を失ってるだけだ」

「それじゃ……お、終わったの？」

そうだ。終わったのだ。

その場にいる全員がそう思った。

虚神は滅んだのだ。その証拠に、あのぬめぬめと重苦しい気配がどんどん消えていく。

これで銀音も目を覚ましてくれるに違いない。

だが……。

安堵するのは早すぎた。

この時には、人形から伸びる木の根は、家屋全体に張り巡らされていたのだ。

虚神を倒したあとも、根の勢いは止まらなかった。さらにさらにと膨れあがっていく様には、抑えようのない怒りが垣間見えた。

弥助達はこれまでにない危機感を覚えた。このままでは根に取り囲まれ、押しつぶされてしまいそうだ。

銀音を背中に乗せ、壁から天音を引き剝がしにかかりながら、弥助は千吉に叫んだ。

「笛だ！　笛を吹くんだ、千吉！」

さっき落としてしまった犬笛を、千吉は慌てて捜した。

だが、小さな犬笛は、すでに根に押しつぶされてしまっていた。

「だめだ！　こ、壊れた！」

「くそ！　と、とにかく外へ！　走れ、千吉！」

「でも……」

「俺のことはいいから！　早く！　あっ！」

太ももに根がからみつき、弥助はどっと引き倒された。慌てて根を外そうとしたが、めきめきと逆に締めつけられた。

すごい力だった。華奢《きゃしゃ》な子供達が捕まったら、ひとたまりもないだろう。

外すのをあきらめ、弥助は痛みを我慢して腕を伸ばし、ついに天音を壁から引き剝がした。

床に降り立つ天音の前に、弥助は自分の背から銀音を振り落とした。

「ぎ、銀音を連れて逃げろ！」

「弥助にいちゃん！」

「早くしろ！　千吉！　天音を手伝ってやれ！　三人で逃げろ！　逃げろ！」

天音や銀音の体に伸びてくる根を、手で払いのけながら、弥助は叫び続けた。その下半身がどんどん根にのまれていくのを見て、千吉は天音や銀音のことも忘れ、弥助に飛びついた。兄の足を締めつける根をつかみ、力の限り引っ張る。弥助はやめさせようとしたが、千吉は手を離さなかった。

そうこうするうちに、根が一気にこちらに押しよせてきた。

このままではつぶされる。そして誰も助からない。

そう悟った千吉は、ほとんど無意識のまま叫んでいた。

「来て！　助けて！　月夜公！」

次の瞬間、猛り狂っていた木の根の動きがぴたりと止まった。こすれあうぎしぎしという音もおさまり、しんと静まり返る。

そして、千吉達の前にはいつの間にか、月夜公が立っていた。

三本の尾を龍のようにうねらせ、圧倒的な妖気を振りまきながら、月夜公は美しい顔に満足げな笑みを浮かべた。

「よく呼んだ」

褒めるように千吉に言ったあと、月夜公は何気ないしぐさで腕を払った。とたん、千吉と弥助、それに双子《ふたご》の姿はその場からかき消えたのだ。

十二

弥助はほっとした顔をしながら、下を見た。弥助のあぐらの中には千吉が座っていた。その顔は幸せそのもの。ほくほくと、全身で兄に甘えきっている。

そして、二人の前には、月夜公がいた。

ここは東の地宮にある月夜公の自室なのだ。

あの騒ぎのあと、月夜公はいったん弥助達を東の地宮へと連れて帰った。四人は、月夜公の配下の烏天狗《からすてんぐ》達から手厚い手当てを受けた。新しい着物を着せられ、打ち身や擦り傷には薬を塗ってもらい、熱い甘酒と雑炊をふるまわれた。おかげで生き返った心地がしたものだ。

しばらくしてから目を覚ました銀音は、月夜公によって注意深く調べられた。

「ふむ。虚神《うろがみ》とやらにかけられた術は、きれいに消えておる。もう心配なかろう」

そう太鼓判《たいこばん》をおし、月夜公は双子《ふたご》を久蔵と初音の元に送り届けた。今頃、一家はお互いをひしと抱きしめ、再会と無事を喜び合っていることだろう。わあわあ大泣きしながら娘達を抱きしめている久蔵の顔を、弥助は脳裏に浮かべた。

そんな弥助に、月夜公は尋ねた。いったい、何があったのかと。

だが、弥助には答えようがなかった。

「いやもう……何が何だか、俺にもさっぱりわからないよ」

「それでは話にならぬ。わからぬことでもなんでもよいから、全てを吾《われ》に話すのじゃ」

「わ、わかったよ。とは言っても、俺は一度、千吉達とははぐれちまったんだ。だから、先に千吉の話を聞いたほうがいいと思うな」

「そうかえ？　では、千吉、話すのじゃ」

月夜公に促され、千吉は朔ノ宮に連れられて山におろされたこと、村を目指す途中で天音を連れた男達を見つけたこと、その男達をつけて朽ちた村にたどり着いたことを話した。

「その男達が変な黒い水を天音に飲ませようとして……これはまずいって、弥助にいが止めに入ったんだ。俺と天音は山の中に逃げこんで、弥助にいが追いついてくるのを待ったけど……日が暮れても来なかったから、もしかしたら捕まったのかもと思った。だから、村に行って、虚神の核を先に壊すことにしたんだ。あ、違うよ、弥助にい。あの、弥助にいを見捨てようなんて、考えたわけじゃないよ」

「わかってるって。核さえ壊せば、堂々と朔ノ宮を呼べるものな。で、朔ノ宮が来てくれれば、全員が助かる。すごくいい考えだったと思うぞ」

賢い賢いと、頭を撫でられ、千吉は嬉しげに笑った。一方、月夜公は「あんな犬を頼りにする羽目になるとは、哀れなことよ」と、小さく毒づいた。

「それで？　村にたどり着いたあとはどうしたんだ？」

「うん。天音が、銀音はこっちにいるって、御堂みたいな建物に案内してくれた。銀音のいるところに、虚神の核もあると思ったから、そこに入ってみたんだ。そしたら、ほんとに銀音がいた。でも……」

「もう虚神に取り憑かれたあとだった？」

「うん。風が外から吹きこんできたら、いきなり銀音の気配が変わってさ。……虚神になって、俺に飛びかかってきたんだよ。天音には見向きもしなかった。光の子はまだ食べちゃいけないからって」

「ふうん。どういうわけだったんだろうな？」

弥助は首をかしげながら月夜公のほうを見た。

「月夜公、理由は思い当たるかい？」

「わからぬ。興味もない。朔ノ宮なれば、あちこち嗅ぎ回って、理由を探し当てるであろうが、吾は犬ではないのでな。終わってしまったことなど、さほど気にならぬわ」

「……いちいち棘《とげ》のある言い方だね。なんでそんなに朔ノ宮と仲が悪いんだい？」

弥助の問いを、月夜公は聞かなかったふりをした。

「それより、千吉よ、よく襲ってきた虚神から逃げられたものじゃな？」

「逃げられたわけじゃないよ。危ないところを、弥助にいが助けてくれたんだ。ね、弥助にい？」

ああ、と弥助はうなずいた。

「虚神がいそうな家をのぞいてみたら、千吉が誰かにのしかかられて、じたばたやっているのが見えて……あの時は銀音だとわからなかったし、肝《きも》が冷えたよ」

間に合ってよかったとつぶやく弥助に、月夜公は首をかしげた。

「しかし、よく千吉の危機に間に合ったものじゃ。少々、都合が良すぎるのではないかえ？……だいたい、おぬし、それまでどこで何をしていたのじゃ？」

「そう言えば、あの時、弥助にいはびしょ濡れだったね。あれ、どうしたの？」

「ん……まあ、その……色々あってな」

弥助はあまり言いたくなくて、口を濁《にご》した。だが、千吉と月夜公はしつこく聞いてくる。ため息をつき、弥助はとうとう打ち明けた。

「面目ないことだけど、俺も捕まっちまったんだよ。そのままだと、千吉達をおびき寄せるおとりとして使われそうだったから、そうなるくらいならって、井戸に飛びこんだんだ」

「弥助にい！」

「そんな顔をするなって。身投げしたわけじゃない。ちゃんと考えがあってのことさ。……前に、おまえが拾ってきた黒い手のこと覚えているかい？」

「黒守とかいうあやかしの手？」

「そう。そいつが、その、言ってたんだよ。自分に会いたくなった時は、名前を呼んでくれれば、すぐに駆けつけるって。井戸の守り手だってことだし、どの井戸も黒守につながっているんじゃないかと思ってね」

だから、井戸の水の中で、黒守を呼んだのだ。

そして意識は遠のき、ふと気づけば、弥助は黒守の腕の中におり、ぺとぺとと尻を撫でられていた。

ひえっと身をすくませる弥助に、黒守は蜜《みつ》がしたたるような甘い笑顔を向けてきた。

「おお、目が覚めたかえ？　よく我を呼んでくれたのう。嬉しいぞえ、弥助。ささ、何をしよう？　我の庵《いおり》にまいろうか？　あそこであれば、奥も来ぬ。じっくりと二人きりで語らいあえるぞえ」

「いや、その……まずは、えっと、尻を揉むのはやめておくれよ」

「おや、これは失敬。かわいい尻ゆえ、ついつい指が動いてしもうた。うふふふ。食べたくなるような尻じゃと、よく言われるのではないかえ？」

「……初めて言われたよ、そんなこと」

黒守の腕の中から逃げたくて、弥助は周囲に目をこらした。だが、周りはねっとりと濃い闇に包まれ、何も見えなかった。

「ここは……」

「水の中じゃ。じゃが、こうして我が抱きかかえている限り、溺れることはないぞえ。ささ、安心して、我に身をゆだねるがよいぞ」

とんでもないと、ますます身を硬くしながら、弥助はまくしたてた。

「と、とにかく、助けてくれてありがとな。でも、俺、すぐに行かなくちゃいけないんだ。悪いけど、語らいあうのはまた今度ってことで」

「なんと」

黒守は不服そうに顔をしかめた。

「我に会いとうて呼んでくれたのではないのかえ？　それはあまりにつれなかろう。恋の駆け引きは好きじゃが、あからさまに利用されるのは好かぬぞよ」

ここで黒守の機嫌を損ねては、水の中に放り出されてしまうかもしれない。弥助は慌てて言葉を尽くした。

「ほんとにごめんよ。お、俺だって、黒守殿といっぱい過ごしたいって、お、お、思ってるよ。けど、今はほんとにそれどころじゃなくて……弟を助けに行かなきゃいけないんだ」

「弟、とな?」

「そうだよ。悪いやつに捕まっているかもしれないんだ。虚神ってやつだ」

「虚神……それはまた剣呑《けんのん》な話じゃ。そう言えば、おぬしが飛びこんできた井戸は、ずっと使われていないものであったな」

「そういうこと、わかるのかい?」

「むろんじゃ。我は井戸の守り手じゃもの。あれを使っていた人間どもは、今は別の井戸を使っておる。その井戸からは妙に邪気がこぼれてくるから、我としても気になっていたのじゃが、虚神がおると言うなら、なるほど、納得じゃ」

黒守の言葉に、弥助ははっとした。藁《わら》にもすがる想いで口を開いた。

「な、なあ、黒守殿。その邪気がこぼれてくる井戸ってところに、俺を連れて行くことはできるかい？」

「造作もないこと。全ての井戸は我が手の中でつながっているも同然じゃからの。じゃが、ただではだめじゃぞえ、弥助。それなりの報酬をもらわねば、我はこれ以上、指一本動かしとうはない」

「さっき俺の尻を揉んでたじゃないか！　駄賃はそれでいいだろ！」

思わず弥助は声を荒らげたが、黒守はすねてしまったのか、そっぽを向くばかり。

そのあとは本当に大変だった。ようやく折り合いがつき、井戸から放り出された時は、あまりの解放感に弥助は「よし！」と小さく叫んだほどだ。

だが、すぐに我に返り、慌てて周囲をうかがった。

そこは小さな村の中であった。かがり火だらけのせいで、やけに明るいが、人の姿はどこにもなく、静まり返っている。

そして、奥から異様な気配がした。

弥助は引き寄せられるようにそちらに向かい、黒々とした建物の中をのぞきこんだ。そして、何者かに襲われている千吉を見いだしたのだ。

そこまで思い出したところで、弥助は月夜公が自分に何か話しかけていることに気づいた。

「ん？　ごめん。聞いていなかった。なんて言ったんだい？」

「なんじゃ？　せっかく褒めてやったというに、聞いておらなかったのかえ？」

「褒める？」

「そうじゃ。井戸に飛びこんで黒守を呼ぶなど、なかなか機転が利くではないか」

珍しく月夜公に認められ、弥助は妙に照れ臭くなった。そんな弥助に、千吉は目をきらきらさせながら言った。

「ほんとすごいよ！　とっさにそんなこと思いつくなんて、弥助にいはすごい！　ほんと、頭いいんだね！」

「いや……そう褒めないでくれよ」

「褒めるよ！　俺もいつか弥助にいみたいに、頭が良くて男前な大人になれるかな？」

「おまえなら俺よりずっとすごい大人になれるって。今だって十分に賢いし、顔なんか俺の百倍いいしな」

思わず本気で言葉を返す弥助に、月夜公があきれたように鼻を鳴らした。

「そういうやりとりは自分の家でやってほしいものじゃ。おぬしら、吾がここにいることを忘れておらぬかえ？　そらそら、弥助。話の続きじゃ。千吉を見いだしたあとは何があったのじゃ？」

「そのあとは……虚神に取り憑かれた銀音が、今度は俺に飛びかかってきた。で、もみ合っていたら、俺の懐《ふところ》から人形が落ちたんだ」

「人形、じゃと?」

「そう。前に座敷童《ざしきわらし》から預かったやつ。木の根でできているような、妙な人形さ。それがいきなり立ちあがって、奥にあった屏風《びょうぶ》に根を伸ばしだしたんだ」

根が屏風の向こうにあった泥団子をつぶしたところ、虚神の気配が消え、銀音の様子もまともになったのだと、弥助は話した。

「だから、たぶんその泥団子が虚神の核だったんだと思う。でも、わからないのは、どうして人形が虚神の核を狙ったかだよ。それに……虚神を倒したっていうのに、根は全然鎮まらなかったんだ。まるで怒りで我を忘れているみたいな感じで、今度は俺達のほうに押しよせてきてさ」

「ふむ。……人形を預けたという座敷童とやらに話を聞けば、理由がわかるかもしれぬな」

「どうかなあ。とよの話は曖昧《あいまい》なことが多いし、聞いてもちゃんと答えてくれるかどうか」

ここで、あっと、弥助は思い出した。

「そうだよ。考えてみれば、俺、ちゃんと月夜公にお礼を言ってなかった」

「なんじゃ？　なんのことじゃ？」

「助けてもらったお礼だよ。月夜公が来てくれなかったら、俺達全員、根に押しつぶされていたと思う。……月夜公、本当にありがとうございました」

弥助が改まって頭を下げれば、すぐさま千吉もそれに倣う。

「月夜公、ありがとうございます。おかげで弥助にいが根っこにつぶされずにすみました」

「こ、こら、よさぬか。いきなり丁寧《ていねい》な口調でものを申すな。気色悪い。ふん。吾は名を呼ばれたから赴《おもむ》いたまでのことよ。救いを求めて吾を呼んだ者を見捨てては、東の奉行の名が廃《すた》るからの」

それにと、月夜公はじつに意地悪げな笑みを浮かべてみせた。

「こたびは西の犬めにぎゃふんと言わせられる、またとない機会であったからの」

「朔ノ宮？」

「そうよ。考えてもみよ。あやつはわざわざおぬしらに手を借りてまで、この件を解決したがっていたのじゃぞ。じゃが、肝心要の時に、あやつは何もできなかった。それどころか、宿敵とも言える吾に、手柄をかっさらわれたのじゃ。まさに面目丸つぶれ。今頃、地団駄踏んで悔しがっているであろうよ。ああ、じつに小気味よい」

「やれやれ、大人げない……」

「なんじゃ？　何か言ったかえ？」

「いえ、なんにも」

ところでと、弥助は千吉を見た。

「そう言えば、おまえはどうして月夜公を呼んだんだい？　朔ノ宮を呼ぶならわかるんだけど」

「うーん。どうしてかな？」

助かりたい。助けてほしい。そう思った時、頭に浮かんだのが月夜公だったのだと、千吉は言った。

「なんでかな。月夜公ならきっと助けてくれるって、そう思ったんだよ」

「ふん」

千吉のまなざしを受け、月夜公はそっぽを向いた。だが、その口元に抑えきれない笑みが浮かぶのを、弥助は見逃さなかった。千吉に頼りにされたことが嬉しいに違いない。

素直に喜べばいいのにと、弥助は思わずにやりとした。

と、月夜公がこちらを睨みつけてきた。

「何か言いたいことでもあるのかえ?」

「う、ううん。なんにも言ってないよ」

慌てて無表情を取り繕った弥助であったが、少し遅すぎた。

ふたたび月夜公は意地の悪い顔となった。

「それはそうと、その頬の赤みは、接吻《せっぷん》の痕であろう? さては、黒守あたりに頬を吸われたのではないかえ?」

「うぐっ……」

「図星か」

さもありなんと、月夜公の笑みが深くなる。

「おかしいと思っていたのじゃ。あの黒守が何もせずに、ただ親切におぬしを村に送り届けるはずがない。おぬし、接吻の他に何をあやつにくれてやったのじゃ?」

「頬を吸われただけだよ!」

「ほほう。本当にそれだけですんだのかえ? くくくくっ」

喉を鳴らして笑いながら、月夜公は立ちあがった。

「さて。吾はこれより西の天宮に行ってまいる」

「朔ノ宮の悔し顔を拝みに行くのかい?」

「それ以外に何がある？　おぬしらももう帰るがよいぞ」

そう言って、月夜公は袖を一振りした。

たったそれだけで、弥助と千吉は自分達の小屋の中に戻っていた。

「ふう。色々あったけど、双子も無事に戻ったわけだし、万々歳だ。千吉、一晩中山の中を歩いて、さぞくたびれただろ？　今、布団を敷くよ。……千吉？」

「………」

「おい、どうした？」

弟の顔をのぞきこみ、弥助はぎょっとした。千吉の顔には、雷雲のような怒気が立ちこめていたのだ。

無言のまま、千吉は土間におり、水瓶にはった水に手ぬぐいを放りこんだ。それをぎゅっと絞って戻ってくるなり、千吉は「座って」と、弥助に言った。

「お、おい、どうしたんだよ？」

「いいから座って、弥助にい」

「お、おう」

弥助が床に腰をおろしたところ、千吉は濡れた手ぬぐいでごしごしと弥助の頬をこすりだした。

「いででっ！　痛い！　おい、強くこすりすぎだって！　皮がめくれちまう！　どうしたんだよ、千吉？」

「黒守ってやつに吸われたんだろ？　きれいにしないと！　こんな赤い痣《あざ》、許せない！」

「いや、その……こすって消えるようなものじゃないし」

「いいから！　なんかこのままにしとくの、やだ！　どうせ痕が残るなら、俺がこすった痕のほうがいい！」

「いででっ！　や、やめてくれ！」

一難去ってまた一難なのかと、つくづく黒守のことを恨めしく思った弥助であった。

十三

数日後、千吉は兎《うさぎ》の女妖《じょよう》、玉雪に頼んで、西の天宮奉行、朔ノ宮の元に赴《おもむ》いた。弥助には内緒の訪問であった。

大きな棟がいくつも連なっている東の地宮と違い、西の天宮は建物が一つあるだけであった。が、その建物は櫓《やぐら》のようにそびえる七階建てで、大きな湖の上に浮かんでいた。さらに、その湖は森の中にあった。森はすらりとした白い木のみが生えており、鎮守の森と呼ぶにふさわしい、清らかで荘厳な趣《おもむき》だ。

まさかこんなに美しいものだったとはと、千吉はただただ圧倒された。前に来た時は、朔ノ宮の術によって茶室のような部屋に連れこまれ、西の天宮の全貌を見ることはできなかっただけに、驚きは大きかった。

「すごい……」

「あい。ここは特別な場所なんですよ。妖界《ようかい》ではあるけれど、どちらかというと、あのぅ、神域に近い感じなんです。妖怪達もおいそれとは近づけないような気に満ちていて。……あのぅ、千吉ちゃん。申し訳ないけど、あたくしは少し離れていてもいいかしら？」

「居心地が悪い？」

「あい。ここの気はあたくしのような弱いものには強すぎて」

「うん。わかる気がする。ありがと。連れてきてもらえただけで十分だよ」

「ごめんなさいねぇ。じゃあ、帰る時にまた、あのぅ、呼んでください」

千吉を湖のほとりにおろすと、玉雪はさっと離れていった。

千吉は湖を見た。さて、西の天宮があるところまで、どうやって行ったものだろう？泳げなくはなさそうだが、水はかなり冷たそうだ。

どうしようかと考えていると、ふいに小舟が一艘現れた。

艪《ろ》を操っているのは、白い狩衣《かりぎぬ》をまとった小さな犬神《いぬがみ》だった。後ろ足二本で立っていても、千吉の膝までの高さほどしかなく、またその顔は犬というより狸《たぬき》そっくりで、くりくりと愛嬌《あいきょう》にあふれている。体を覆う黒と茶の毛が長いので、どこもかしこも丸く膨らんで見え、鞠《まり》の化身かと思えるほどだ。

千吉の目の前にまで小舟を寄せたあと、小さな犬神はかわいらしい声で言った。

「私は犬神の鼓丸《つづみまる》と申します。西の天宮にご用がおありなら、どうぞこの舟にお乗りください」

「ありがとう」

千吉はすぐさま小舟に飛び乗った。

鼓丸の巧みな艪さばきで、小舟はあっという間に西の天宮にたどり着き、水門をくぐって内部へと入った。

そこから階段をあがっていくように言われて、千吉はそのとおりにした。

階段の先には戸があり、それを開くと、あの茶室が現れた。

茶室の奥には、朔ノ宮が座っていた。見るからに機嫌が悪そうな仏頂面であった。

「なんの用だ、千吉？　私は忙しい。用があるなら、とっとと言うがいい」

そっけない口調であったが、千吉はひるまずに口を開いた。

「まずはお礼を言いたくて。朔ノ宮のおかげで、双子《ふたご》を助けられたから」

「それは違うだろう？」

すぐさま朔ノ宮は言い返した。

「最終的に二人を助けたのは、東の狐《きつね》だ。肝心な時に、この朔ノ宮は無力であった。じつに役立たずで不甲斐ない奉行だと、本当はそう思っているのだろう？」

これには千吉もたじろいだ。

「そ、そんなこと、思ってないよ。なんでそんなふうに言うんだ?」

「ふん。東の狐めに散々嫌味を言われたからな。顔の白さと裏腹に、あやつの腹黒いことときたら。……そなたが私を呼んでくれれば、狐めにあのようなことを言われずともすんだものを」

恨みがましげに千吉を一瞥《いちべつ》したあと、朔ノ宮はさっと真顔になり、打って変わった静かな声で言った。

「わざわざ礼を言うために、ここに来たのではないのだろう? 子供のくせに、駆け引きなどするな。聞きたいこと、言いたいことを遠慮なく申せ、千吉」

見抜かれていたかと、内心舌を出しながら、千吉はうなずいた。

「うん。まずは虚神《うろがみ》のことで色々教えてほしいんだ」

「……すでに終わったことだぞ?」

「でも、わからないことが多くて、弥助にいが首をかしげているから、教えてあげたいんだ。……虚神はなぜ双子をさらったんだろう? 光の子、影の子って、二人のことを呼んでいたけど、なんでなのか、朔ノ宮は知っている?」

ああと、朔ノ宮はうなずいた。

「あの虚神は、あの山の穢《けが》れた土を核としていた。それゆえに、山の実りを自在に操れた。

だが、それはすなわち、山と一心同体ということでもある。……私が何を言いたいか、わかるか？」

千吉は少し考えてから答えた。

「もしかして、虚神はあの山から出られなかった？」

「賢いな。そう。やつは山の領域から出ることができなかった。それが歯がゆかったのだろう。あるいは、もっと大きな餌場《えさば》を欲していたのかもしれない。いずれにせよ、双子を求めたのは、山から出るためだ」

双子の一人に取り憑き、自身の力がもっとも高まる新月の闇夜に、もう一方の子供を殺す。その子の命と魂が体から抜け出るその瞬間を狙って、自分の影を注ぎこむために。影を注ぎこまれた亡骸は、そのまま虚神の分身と化す。分身を山に残しておけば、本体は自由に外に行くことができるというわけだ。

古くからある呪術だと、朔ノ宮は言った。

「あの虚神は、すでに山でのさばるだけでは満足できなくなっていたのだろう。食い止められて、本当によかった。さもなくば、もっと大きな被害が出ていたのは間違いない。

……他に聞きたいことは？」

「あるよ。……弥助にいが座敷童《ざしきわらし》のとよから預かった人形。あれの正体がなんだったのか、

「朔ノ宮はわかる？」

「ああ、座敷童から話は聞いた。あれはな、千吉、あの村のかつての守り神だ」

思わぬ言葉に、千吉は目をぱちぱちさせた。

「守り神……」

「そうだ。虚神がやってくるまで、村人達に崇《あが》められていたものだ。だが、欲に目がくらんだ人間達によって、社《やしろ》を壊され、川に流されたそうだ。それをとよが拾い、弥助に預けた」

「なんで弥助にいに？」

「弥助がいずれあの村に行くと、わかったからだそうだ。あの座敷童には少し先見の力があるらしい」

「……そんなことしなくても、とよが自分で村に連れて行ってやればよかったのに」

「そうはいかない。人の手で追い出された神は、人の手でしか元の場所には戻れないからな。そういう意味で、とよという座敷童はじつに賢い手を使ったものだ。私が最初に弥助の匂いを嗅いだ時、役立ちそうだと感じたのも、これで合点がいく。懐《ふところ》に守り神が入っていたからだったのだな」

やはり自分の鼻は冴《さ》えていると、自画自賛してみせる朔ノ宮。

「……それじゃ、人形が虚神の核を壊したのは……」

「復讐だろう。神の座を奪った虚神が許せなかったのだろうな」

なるほどと、納得した千吉であったが、まだ疑問は残っていた。

復讐を果たしたあとも、木の根は猛り狂い、自分達を襲おうとしてきた。本来、千吉達は虚神とも村とも関わりがないというのに。

それを尋ねたところ、朔ノ宮はなんとも言えない沈痛な顔となった。

「……それはな、千吉、その守り神がそれほど怒っていたということだ。神が怒れば、祟《たた》り神となる。それを鎮めるのは容易なことではない」

「それじゃ……」

「あの村はもうだめだ。虚神の力に頼りすぎ、山の恵みを搾《しぼ》り取りすぎた。穢れた力を振るわれて、山も怒っている。……報いを逃れるすべはない」

ふいに、千吉は思い出した。

月夜公に助けられ、あの場を離れる瞬間、ばきばきと恐ろしい音を立てて、根が壁を破って、外へあふれだす音がした。あの勢いが止まらなかったのだとしたら……。

ぞくりとしたものを感じ、千吉は身震いしながら小さくつぶやいた。

「良い暮らしをしたいって思うのは、そんなに悪いことなのかな？」

いやと、朔ノ宮はかぶりを振った。

「そうした望み、欲自体は決して悪いものではない。ほしいものを手に入れたい。そういう気持ちがなければ、励《はげ》みにならぬだろう？　だが、そのために他者を犠牲にしてもかまわないと思うなら、それは悪しきものとなる。……どんなに強く望もうと、一線を越えてはならぬということだ。このことは常に頭に置いておくといい」

朔ノ宮の声にはどこか含みがあった。まるで、千吉に何かを伝えるか、あるいは警告するかのようだった。

思い当たるものがない千吉だったが、「どういう意味だ？」とは聞き返さなかった。聞いても、朔ノ宮は答えてくれまいと、わかっていたからだ。

だから、かわりにうなずいた。

「教えてくれてありがとう。色々と合点がいったよ。……すごいね、朔ノ宮は。そういうことを全部調べたんだ？」

「そうとも。どうしてこうなったかを、私は事細かに調べる。終わってしまえばそれでよい、などとふざけたことをぬかす阿呆もいるが、それは違う。理由を知らずして、解決などありえない。また同じことが起きないために、そして起きてしまった時のために、なんでも知っておかなければ」

「そうだね。確かにそうだ」

「さて、聞きたいことはそれで終わりか？」

「うん。次は……頼みたいことがあるんだ」

千吉はしゃきっと正座をし、朔ノ宮に向き合った。

「西の天宮、朔ノ宮様にお願いします。俺を弟子にして、鍛えてくれませんか？」

突然の言葉に、朔ノ宮はぽかんと口を開けた。そうすると、めったに拝めないようなとぼけた顔になった。

こんな時でなかったら、千吉は吹き出していたかもしれない。

だが、今は笑うどころではなかった。千吉は必死だったのだ。

「お願いします！　どうか俺を弟子にしてください！」

「……な、なぜそんなことを望む？」

「俺は……弱いから」

今回のことで、つくづく思い知った。

自分は弱い。大好きな兄が何度も危ない目にあったのに、何もできなかった。そのことが悔しくてたまらない。

ぐっと、膝の上で拳《こぶし》を丸めながら、一言一言に力をこめて千吉は言った。

「俺は弥助にいを守りたい。痛い目にも苦しい目にもあってほしくない。そのために力がほしい。守るための力を手に入れたい。同じようなことが起きた時、今度こそ弥助にいを守れるようになりたいんだ」

「り、理由はわかったが……それならば、月夜公に頼めばいいのではないか？　あやつはそなたのことを気にかけているようだぞ？」

「うん。だから、月夜公には頼めない。あの人は俺に優しすぎる。俺も、月夜公には甘えてしまいそうだ。でも、朔ノ宮ならその心配はないから。容赦なく俺を鍛えてくれると思うから」

「……なんだか、私は優しくないと、遠回しに言われているような気がするな」

ぼやいたものの、朔ノ宮はすぐににやりとした。

「まあ、いいだろう。強くなりたいという心意気は好きだ。そなたは見所がありそうだし……なにより、東の狐めのお気に入りを私が弟子にするというのはおもしろい。あやつ、きっと悔しがるに違いない。ふふふふ」

「…………」

あきれた顔をしている千吉の前で、朔ノ宮は大きく両腕を広げてみせた。

「よかろう。今日から、千吉、そなたは私の弟子だ。西の天宮の見習いとして、時々、そなたを呼びつけ、用事を申しつける。そのかわり、いくらか術などを授けてやろう。いざという時、兄の身を守れるようなものをな。それでどうだ？」

「うん。それでいい。師匠でいいぞ」

「ふふん。師匠でいい。ありがとうございます、朔ノ宮様」

「はい、師匠」

「ほほう。なかなか新鮮な響きだ」

気に入ったと、悦に入る朔ノ宮。

一方、千吉はほっとしていた。

これからどうなるにせよ、自分は今よりも強くなれるだろう。そうなれば、安心して兄のそばにいられる。兄を守るという名目ができるのだから。

がんばろうと、千吉は自分に言い聞かせた。

エピローグ

　こうして、弥助の弟千吉は、西の天宮の見習いとなった。

　これは異例なことであったが、話には続きがある。

　千吉が修業をすると聞き、天音と銀音の二人も弟子入りを志願したのである。さらわれ、離れ離れにされたことがよほど応《こた》えたのだろう。強くなりたいという二人の決意は、千吉に負けないほど強固なものだった。

　そして、このことを耳にした月夜公の甥、津弓までもが「自分も朔ノ宮の弟子になりたい！」と言い出す始末。

　これに月夜公が慌てふためき、おおいに頭を悩ませることになるのだが、それはまた別の話である。

鼓《つづみ》丸《まる》の独り言

犬神《いぬがみ》の鼓丸は台所でせっせと主《あるじ》のための菓子作りに励《はげ》んでいた。

主というのは、犬神一族の長《おさ》であり西《にし》の天宮《てんぐう》の奉行である朔《さく》ノ宮《みや》のことだ。

一族の中で、鼓丸はもっとも年若く、もっとも力が弱い。だから、朔ノ宮の従者として、身を粉にして働くことで、己を磨《みが》いているのである。

そんな鼓丸にとって、一番大切なお役目は、朔ノ宮のおやつをこしらえることだ。

犬神は総じて食べることが大好きだ。ことに、朔ノ宮は甘い物に目がないので、鼓丸は日々工夫を凝らしては、主に喜んでもらえるように励んでいた。

今日は少し暑いので、葛餅《くずもち》をこしらえた。涼やかな味わいと、つるりとした喉越しが喜ばれるだろう。

大きな器に葛餅を山盛りにして、鼓丸は朔ノ宮の元に向かった。

朔ノ宮は鍛錬場《たんれんじょう》にて、弓を引いていた。武芸としての鍛錬というより、集中力を鍛えるために、朔ノ宮は毎日五百回、これを繰り返すのだ。

今日は少し早く来すぎてしまったと、鼓丸は朔ノ宮の邪魔にならないよう、息を潜めて後ろに座った。そのままじっと主を見つめた。

放たれる矢は、まるで吸いこまれるように的の中心を射貫いていく。その腕前も見事だが、立ち振る舞い、弓矢を扱う所作の一つ一つがじつに美しく、見ていて飽きることはなかった。

やがて、五百本目の矢を射終え、朔ノ宮が大弓をついに置いた。

鼓丸は手ぬぐいを差し出すために、駆けよっていった。

「今日も見事でございましたね、主」

「おお、ぽん。来ていたのか。ということは、そろそろおやつ時だな。今日は何を用意してくれた?」

「ぽん」というのは、朔ノ宮が鼓丸につけたあだ名だ。鞠《まり》のように丸く、また名前が鼓丸なので、「打てば、ぽんと音が出そうだから」ということらしい。

だが、鼓丸はあまり気に入っていなかった。顔がまん丸に見えるのも、着ている狩衣《かりぎぬ》がはちきれそうに膨らんでいるのも、みっしりと生えた毛のせいなのだ。

「丸いのは毛のせいであって……身は痩せているんです」と、何度も言っているのだが、朔ノ宮は変わらずに「ぽん」と呼びかけてくる。

今度、水浴びをしたあとの自分を見てもらおうかと思いながら、鼓丸は器を差し出した。

「今日は葛餅を用意いたしました」

「おお、今日のような日にはぴったりだな。だが……少し量が多いな。ぽん、少し付き合え」

そう言って、朔ノ宮は手をかざした。たちまち、小さな椀がその手の中に現れる。その中に葛餅を入れて、朔ノ宮は鼓丸に渡した。

「ありがとうございます！　喜んでご相伴に与《あずか》ります！」

尻尾をふりふりしながら、鼓丸はありがたく椀を受け取った。

そうして、主従は並んでおやつに舌鼓を打った。

と、食べながら、朔ノ宮がくくと笑った。思い出し笑いのようだが、なにやらひどく嬉しそうだ。鼓丸は思わず尋ねた。

「何か嬉しいことでもありましたか、主？」

「おお。あったとも。東の狐《きつね》めが甥っ子を溺愛していることは、そなたも知っているな？」

月夜公《つくよのぎみ》とその甥の津弓《つゆみ》のことかと、鼓丸はうなずいた。

「はい。それがどうかされましたか?」

「狐の甥の津弓がな、私に弟子入りしたいと言っているそうなのだ」

「えっ? 津弓様もですか?」

鼓丸は椀を取り落としそうになった。

このところ、朔ノ宮は立て続けに弟子を取っている。最初が千吉《せんきち》という子供で、そのあとに双子《ふたご》の姉妹、天音《あまね》と銀音《ぎんね》が「強くなりたい」と、やってきた。

だが、まさか月夜公の甥まで申し込んでくるとは。主と月夜公の仲の悪さを考えると、これは一悶着《ひともんちゃく》起きるだろう。

胸をどきどきさせながら、鼓丸は恐る恐る尋ねた。

「そ、それで、受け入れなさるのですか?」

「いや、さすがにやめておく。そうしたい気持ちはあるのだがな。だが、ふふふ、これで当分、狐に当てつけてやれる。この私を師にしたがるとは、貴様の甥は、貴様と違ってなかなか目端が利くな、とな。やつめ、さぞ悔しがることであろうよ。ふふふ」

笑いが止まらぬ様子の朔ノ宮に、鼓丸は小さくため息をついた。心から尊敬している主だが、こと月夜公のこととなると、まるで子供のように意地っ張りになる。

困ったものだと、心の中でつぶやく鼓丸に、朔ノ宮は思い出したように言った。

「そうそう。もう少ししたら、弟子入りした三人を呼びつけようと思う。ぽん、そなたは兄弟子だ。その時は、三人の良い手本になってやるのだぞ」

「は、はい！」

しゃきっと、鼓丸は背筋を伸ばした。

弟分妹分が増えるのは、なにやらこそばゆい気分だ。千吉とは一度だけ顔を合わせたが、残りの二人はいったいどんな子供達だろう？

思わず独り言が口からこぼれた。

「仲良くできたら……いいな」

そうなったら、きっと楽しい。

早く三人に会ってみたいと思いながら、鼓丸は残りの葛餅をたいらげにかかった。

第2回〈妖怪オリジナルキャラクター〉応募要項（文庫版）

『妖怪の子、育てます』の刊行を記念して、〈妖怪オリジナルキャラクター〉を募集します。

大人気〈妖怪の子預かります〉シリーズの第二シーズンである物語に、あなたの〈妖怪オリジナルキャラクター〉を登場させてみませんか？

あなたの考えた妖怪の名称・設定をハガキまたは封書にお書きのうえ、郵送で弊社までお送りください。データや立体物での応募は不可とします。

例（『妖怪の子、育てます』より）

名称：梅吉

設定：梅の妖怪。青梅そっくりで手の平に乗る大きさ。いつも元気いっぱい。

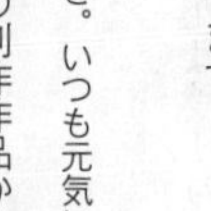

『ゲゲゲの鬼太郎』や『妖怪ウォッチ』などの既存の創作作品からの流用は不可とします。

ご応募に際してイラストなどをつけていただいても構いませんが、ご返却はできませんので、ご了承下さい。選出されたキャラクターは、物語の中での使用に際し、一部修正・翻案をおこなうことがあります。

また、採用キャラクターに関するすべての著作権・使用権は出版社側に帰属します。

応募先：〒一六二-〇八一四　東京都新宿区新小川町一-五　東京創元社
〈妖怪オリジナルキャラクター〉係

応募内容：住所、氏名、応募ネーム（選出された場合に本名の掲載を避けたい方のみ）、メールアドレス、年齢、あなたの考えた妖怪の名称・設定

締め切り：二〇二二年五月末日

発　表：二〇二二年秋刊行『妖怪の子、育てます2』（仮題）巻末、東京創元社HP
選考委員：廣嶋玲子（作家）・Minoru（イラストレーター）・東京創元社編集部

選出されたキャラクターは、〈妖怪の子、育てます〉シリーズの短編に登場させ、イラストレーターのMinoru先生にイラストをお描きいただきます。
選出された方には、著者・イラストレーターのサイン・イラスト入りの色紙、書籍、東京創元社グッズを差し上げます。
たくさんのご応募をお待ちしています。

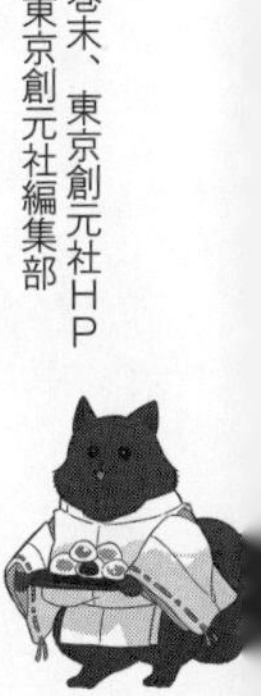

選考委員のコメント

こんな妖怪がいたらいいのに。こんな妖怪がいるに違いない。押し入れの奥に、玄関に置いた鉢植えの後ろに、カーテンの陰に、ふと不思議な姿を思い描くことはありませんか？あなたの心に棲まう妖怪を、紹介してください。

廣嶋玲子（作家）

毛むくじゃらだったり目が色んな所に付いていたり、恐ろしいものもおもしろ可笑しいものも、何でもアリが妖怪の世界だと思います。皆様からの自由な発想の妖怪をお待ちしております！

Minoru（イラストレーター）

イラスト●Minoru

著者紹介　神奈川県生まれ。『水妖の森』でジュニア冒険小説大賞を受賞し、2006年にデビュー。主な作品に、〈妖怪の子預かります〉シリーズや〈ふしぎ駄菓子屋 銭天堂〉シリーズ、『送り人の娘』、『青の王』、『白の王』、『赤の王』、『銀獣の集い』『鳥籠の家』などがある。

検印
廃止

妖怪の子、育てます

2021年12月10日　初版

著　者　廣《ひろ》　嶋《しま》　玲《れい》　子《こ》

発行所　（株）東京創元社
代表者　渋谷健太郎

162-0814/東京都新宿区新小川町1-5
電　話　03·3268·8231-営業部
　　　　03·3268·8204-編集部
URL　http://www.tsogen.co.jp
フォレスト・本間製本

乱丁・落丁本は、ご面倒ですが小社までご送付ください。送料小社負担にてお取替えいたします。

ISBN978-4-488-56513-8　C0193

心温まるお江戸妖怪ファンタジー・第1シーズン

〈妖怪の子預かります〉

廣嶋玲子

＊

ふとしたはずみで妖怪の子を預かる羽目になった少年。
妖怪たちに振り回される毎日だが……

1. 妖怪の子預かります
2. うそつきの娘
3. 妖《あやかし》たちの四季
4. 半妖の子
5. 妖怪姫、婿をとる
6. 猫の姫、狩りをする
7. 妖怪奉行所の多忙な毎日
8. 弥助、命を狙われる
9. 妖《あやかし》たちの祝いの品は
10. 千弥の秋、弥助の冬

装画：Minoru

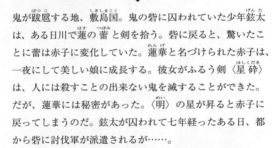

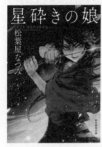